Frage
des
Teufels

Alle Personen und Handlungen sind frei erfunden.
Sollten sich dennoch Ähnlichkeiten mit lebenden oder
verstorbenen Personen ergeben, so sind diese rein zufällig
und nicht beabsichtigt.

Über den Autor

Sonja Popovic wurde 1967 in Bietigheim geboren. Seit 1988
lebt sie in Heilbronn.
Der Roman „Frage des Teufels" ist ihr Erstlingswerk, und
ein neuer Roman ist in Vorbereitung.

Sonja Popovic

Frage des Teufels

Psychothriller

Bibliografische Information der Deutschen Nationalbibliothek:
Die Deutsche Nationalbibliothek verzeichnet diese Publikation in
der Deutschen Nationalbibliografie; detaillierte bibliografische
Daten sind im Internet über http://dnb.dnb.de abrufbar.

Covergestaltung: Michael Utz

Herstellung und Verlag: BoD – Books on Demand,
Norderstedt

Paperback: ISBN: 978-3-7431-5316-5
Auch als E-Book erhältlich

                           1.Kapitel
                         Das Glücksspiel
Januar 2014

Das ist eine perfekte Nacht, seine Nacht, dachte sich der schwarz gekleidete Mann, der wie ein lauerndes und hungriges Tier in dieser Winternacht durch die Straßen von Detroit lief. Es war eisig kalt, und jeder seiner Schritte knisterte unter seinen Füßen, als er durch den gefrorenen Schnee lief. Der Winter hatte dieses Jahr wieder voll zugeschlagen und Detroit fest im Griff. Er verspürte aber keine Kälte, nur sein suchender Blick und seine Augen strahlten eine eisige Kälte aus. Er liebte die kalte Jahreszeit, das war aber erst nach seiner Krankheit so. Wahrscheinlich weil er damals, in jener Nacht, die Bekanntschaft mit dem Tod gemacht hatte. Die kalte saubere Luft ließ ihn atmen und den Dreck dieser Stadt vergessen. Er kam oft in diese Gegend, denn in diesem Stadtteil würde er immer ein Opfer für seinen Auftraggeber finden, dachte er sich, als er durch die dunkle Straße lief.

Die Stadt verarmte zusehends immer mehr, und es gab viele verzweifelte Menschen, die Sehnsüchte nach einem besseren Leben hatten. Die Armut verbreitete sich in Detroit immer mehr. Es gab immer mehr Arbeitslose, Obdachlose und die, die eine Arbeit hatten und wenig verdienten, konnten sich keine Krankenversicherung leisten. Immer mehr Menschen lebten an der Armutsgrenze, dadurch wuchs die Kriminalität in dieser Stadt von Jahr zu Jahr immer mehr. Gangs, hauptsächlich Afroamerikaner, hatten mehrere Viertel unter ihre Kontrolle gebracht in der die Gewalt nicht mehr übertroffen werden konnte. Erst vor ein paar Tagen gab es eine Schießerei, in der sechs

Menschen starben und die Polizei war dagegen völlig machtlos. Es glich schon fast einer Kapitulation. Allein im letzten Jahr zählte die Polizei über dreihundert Mordfälle. Sucht, Spiel, Prostitution, Gewalt und Vergewaltigungen waren an der Tagesordnung, und genau hier in diesem Hexenkessel, war sein Jagd- und Spielrevier, hier hatte er ein leichtes Spiel. Wie immer, waren kaum noch Straßenlaternen an. Sie funktionierten nicht mehr, aber keine der Behörden kümmerte sich darum, denn die Stadtkassen waren leer. Mit diesen miesen Bedingungen musste man sich in Detroit abfinden oder man zog raus in eine der Vorstädte.

Schon nach kurzer Zeit weckten plötzlich zwei Gestalten sein Interesse. Es waren zwei junge weiße Männer, die sich aufgeregt miteinander unterhielten. Sie hatten es anscheinend eilig und wirkten total nervös. Er erkannte auf den ersten Blick, dass es sich um Drogenabhängige handelte. Er schätzte sie so um die zwanzig Jahre alt, aber es kümmerte ihn nicht wesentlich wie alt sie waren, er dachte nur an ihre jämmerlichen Seelen, die er unbedingt haben wollte. Er konnte mit niemandem Mitleid haben, sonst hätte er sein Vorhaben in dieser Nacht und in den vielen Nächten, Tagen und Jahren davor nicht ausüben können. Er durfte kein Erbarmen zulassen, denn die Seelen dieser Leute verlängerten sein Leben.

Er war den beiden jetzt zehn Minuten gefolgt, und nach weiteren fünf Minuten verschwanden sie in einem Nachtclub. Das Gebäude hatte schon bessere Tage gesehen, es war stark renovierungsbedürftig, aber das störte hier keinen, denn der Club war trotzdem immer gut besucht, so wie auch heute. Die Worte -SEXY GIRLS- wurden von einer Neonreklame über dem Eingang angezeigt.

Der Schwarzgekleidete zündete sich vor der Türe noch eine Zigarette an, dabei überlegte er welches Spiel er für die beiden einsetzen könnte. Zwei Minuten später folgte er ihnen.

Schlechte, miefige Luft kam ihm entgegen, als er den Nachtclub betrat, es roch nach körperlichen Ausdünstungen und Zigarettenqualm. Sein Blick ging sofort suchend durch den Raum, und genau in diesem Moment verschwanden die beiden Männer durch eine Tür, die für das Personal gedacht war. Aber jeder der diesen Club kannte, wusste, was sich hinter dieser Tür wirklich befand. Auch ihm war bekannt, was dahinter passieren würde, er bräuchte nur eine Zeit warten und die zwei Typen, würden mit noch weniger Geld, als sie vorher hatten, wieder auftauchen. Ein bulliger Türsteher stand vor der Tür und achtete ganz genau darauf, wer die illegale Spielhölle betrat.

An der Bar war noch Platz frei, von da hatte er einen guten Überblick, um alles genau zu beobachten. Er betrachtete die Menschen im Club und dachte wie jämmerlich sie doch alle waren. Die Frauen boten sich für billiges Geld an, um sich Drogen für ihre Sucht zu beschaffen. Zuhälter und Dealer machten rücksichtslos ihre Geschäfte, und sie bereicherten sich mit gutem Gewissen an der Not der Anderen, den Schwachen in dieser Gesellschaft, an denen, die sowieso schon verloren waren und keine Zukunft hatten. Er beobachtete gerne Menschen, da er sehr viel Zeit in seinem Leben hatte. Alles verlorene Seelen, er würde hier bestimmt noch viele Opfer für seine Spiele finden, dachte er und grinste eisig vor sich hin.

»Na Süßer, hast du Lust auf eine geile Muschi? Die kostet dich nicht viel, ich mache dir einen Sonderpreis. Was hältst du davon?«

Angewidert schaute er die Frau an, die plötzlich neben ihm stand. Bestimmt war sie mal attraktiv gewesen, aber die Drogen hatten sie unübersehbar zu einem Wrack gemacht. »Danke, nein!«, sagte er im ernsten und strengen Ton, wobei er sie mit einem Blick ansah, der ihr wahrscheinlich Angst machte.

»Ok, ok war ja nur eine Frage, sorry.« Sie drehte sich um und ging zu einer Kollegin.

An der Art wie sie zu ihm rüber sahen bemerkte er, dass sie über ihn redeten. Mit einem abwertenden, eiskalten Blick sah er die beiden Frauen direkt an. *Passt auf sonst holt euch gleich der schwarze Mann.* Der Gedanke brachte ihn zum Lachen, da verschwanden die beiden Frauen schnell aus seinem Blickfeld.

»So ist es brav«, flüsterte er.

Eine Tabletänzerin rekelte sich gerade halb nackt an einer Stange, als sich ruckartig die Türe, hinter der die beiden jungen Männer verschwunden waren, öffnete.

»Dachte ich es mir doch! Hat ja wirklich nicht lange gedauert«, flüsterte der Schwarzgekleidete beim Anblick der beiden Gestalten.

Der eine, der größere des Duos, schimpfte laut mit seinem Freund: »Du hast das ganze Geld verspielt du Idiot, wo sollen wir jetzt den Stoff herbekommen? Ich brauche dringend einen Schuss, ich halte es nicht mehr aus. So eine verdammte Scheiße!«

Als sie an der Bar vorbei kamen, trat der Größere mit aller Wucht seinen Fuß gegen einen Barhocker, dabei stieß er eine Kellnerin zur Seite, die gerade Getränke zu einem der Tische trug. Scheppernd vielen alle Gläser zu Boden. Sofort kamen ein paar bullige Männer herbei geeilt und warfen die beiden Gestalten aus dem Club.

Nach zwei Minuten erhob sich der schwarz gekleidete Mann grinsend und folgte seinen Opfern nach draußen. Er musste ihnen einen kleinen Vorsprung geben, damit er sie verfolgen konnte, ohne aufzufallen. Die beiden waren so aufgebracht und mit sich selbst beschäftigt, dass sie ihn ohnehin nicht bemerkt hätten.

Die jungen Männer hatten einen kleinen Vorsprung, aber er konnte sie dennoch gut beobachten. Immer noch streitend blieben sie an einem heruntergekommenen Haus stehen, das eher wie eine Baracke wirkte.

Auch in dieser Gegend waren viele Gebäude renovierungsbedürftig und einige gar nicht mehr bewohnt. Nach kurzer Zeit betrat der Größere alleine das Haus. Anscheinend wohnte hier nur der eine der beiden.

Der Schwarzgekleidete wartete einen Moment, bis er darin verschwunden war, dann folgte er unauffällig dem Kleinen weiter. Sie brauchten nicht lange zu gehen, da standen sie schon vor seinem Haus. Es war das gleiche Bild, auch hier war alles dem Verfall nahe und verwahrlost. Es gab kaum ein Fenster, das nicht eingeschlagen war. Er war schon öfter in dieser Gegend von Detroit gewesen, und es war nichts Neues für ihn. Menschen die hier wohnten, hatten nichts Gutes mehr vom Leben zu erwarten. Wer einmal in diesem Sumpf war, kam hier nicht mehr raus. Heute, in dieser kalten Nacht, war es etwas ruhiger, aber in manchen Nächten ging es in dieser Gegend hoch her. Die Gangs aus diesem Viertel und die Gangs aus der Nachbarschaft lieferten sich an diesem Ort öfter Schlägereien und Schießereien. Es ging hauptsächlich um Drogen, Waffen und Prostitution. Die Polizei kam deshalb nur noch sehr selten in dieses Gebiet, sie überließ die Kriminellen sich selbst.

Auch hier wartete er kurz, bis der Kleine das Haus betrat und lief dann langsam in aller Ruhe zu seinem Auto, das er nicht weit von der Bar entfernt abgestellt hatte. Er entnahm aus dem Kofferraum zwei schwarze Koffer, danach ging er wieder zurück zu dem Haus, in dem der Kleine wohnte.

Er klopfte an die Tür. Ruckartig wurde diese aufgerissen und der Kleine schrie: »Hast du etwas vergessen, du Arsch?«, verdutzt schaute er den fremden Mann an der Tür an. »Äh Mann, ich dachte du wärst mein Kumpel. Was gibt es? Was willst du hier?«, fragte er nervös und blickte dabei immer wieder zur Straße, als hätte er Angst.

Der Fremde antwortete, dass er ein lukratives Angebot für ihn habe, das sich bestimmt für ihn lohne. Es ginge um viel Geld, sehr viel Geld, das er bestimmt gut gebrauchen könne.

Der Kleine überlegte kurz und sagte dann nervös: »Ok, komm rein, aber mach schnell!«

Der Schwarzgekleidete trat ein. Geruch von Urin und Fäkalien kam ihm entgegen, und am liebsten wäre er hier sofort wieder raus an die frische Luft gegangen, aber er musste sich beherrschen. *Denk an die Seele!* Er ging weiter, dabei sah er sich in der verwahrlosten und verdreckten Wohnung um, die sehr spartanisch eingerichtet war. Ein Tisch, zwei Stühle und ein Bett, mehr gab es an Mobiliar in diesem Raum nicht zu sehen. Das Bett wurde bestimmt schon seit Jahren nicht frisch bezogen. Der Bezug war übersät von irgendwelchen Flecken, wahrscheinlich von Erbrochenen. Die einzige Dekoration die sich in dieser Wohnung befand, waren leere Alkoholflaschen und volle Mülltüten. Der alte abgenutzte Teppichboden strotze nur so von Dreck, auch hier waren Urin und Blutflecken zu erkennen. Daher kam also der ekelige Geruch, der sich im

Raum befand, dachte sich der Schwarzgekleidete. Lange wollte er hier bestimmt nicht verweilen, denn in der Wohnung stank es dermaßen widerlich, dass er dachte, selbst in der Hölle riecht es bestimmt besser, in der du hoffentlich bald schmoren wirst. Er schüttelte angewidert den Kopf und blickte wieder zu dem Kleinen. An seinem Körper sah man, dass es sich tatsächlich um einen Junkie handelte. Seine dürren Arme waren übersät mit Nadelstichen und Ekzemen, die er immer wieder aufzukratzen schien, dadurch hatten sich die Wunden schon entzündet und seinem Körper entströmte der Geruch von Krankheit.

Mit fragendem Blick schaute der Kleine den Fremden an und kratze sich mit seinen dreckigen Händen hektisch im Gesicht. Aufgeregt zündete er sich mit zitternden Händen eine Zigarette an.

»Sag endlich was du hier willst!«

Je nervöser der Kleine wurde, desto besser, dachte sich der Schwarzgekleidete. Er schaffte mit einer Handbewegung Platz auf dem Tisch, der mitten im Raum stand. Überfüllte Aschenbecher, gebrauchte Pappbecher, leere Alkoholflaschen und alte Essensreste, alles fiel zu Boden.

»Hey, was soll das?«

Der Fremde ging nicht darauf ein, sondern legte ein sauberes rotes Tuch auf dem Tisch aus, das er aus seiner Manteltasche gezogen hatte. Dann stellte er die beiden Koffer darauf ab.

»So, jetzt setz dich auf diesen Stuhl und hör mir ganz genau zu, ich habe dir einen Vorschlag zu machen, der dein Leben verändern wird. Überlege es dir gut, denn wenn ich eine Zusage von dir habe, gibt es kein Zurück mehr für dich. Ich habe hier zwei Koffer. In dem ersten Koffer befinden sich fünf Pistolen und 100.000 Dollar. Du suchst dir eine Pistole aus, dann hältst du sie dir an die Schläfe und drückst ab. Von den fünf Pistolen ist nur eine geladen. Hast du Glück und du hast nicht die geladene erwischt, dann erhältst du von mir sofort die 100.000 Dollar, die ich auch in diesem Koffer habe, bar auf die Hand«, sagte der Schwarzgekleidete mir eisiger Stimme, dabei deutete er mit der Hand auf den ersten Koffer.

Der Kleine lachte nervös. »Das glaube ich nicht. Willst du mich verarschen Mann?«

Der Schwarzgekleidete öffnete darauf den Koffer, um ihm den Inhalt vorzulegen. Erst die Pistolen, die er auf den Tisch nebeneinander hinlegte, dann zeigte er ihm das Geld.

Als der Kleine das Geld sah, sagte er sofort ohne eine Sekunde zu überlegen: »Ja klar Mann, ich mach das«, zitternd und gierig wollte er schon nach der ersten Pistole greifen.

»Hey, hey nicht so voreilig, ich habe doch noch einen anderen Koffer. In diesem Koffer befinden sich auch fünf Pistolen, von den fünf sind zwei geladen. Das Risiko ist zwar größer, aber du erhältst, natürlich nur, wenn du eine ungeladene Pistole auswählst, 500.000 Dollar, sofort hier und jetzt. Stell dir mal vor, du hättest nie wieder Geldsorgen in deinem Leben. Das ist doch was, oder? Nie wieder Entzugserscheinungen, du könntest dir so viel Drogen kaufen wie du willst.«

Verächtlich schaute er sich im Zimmer um. »Und du könntest dir eine schickere Bude leisten, wie diese hier.«

Auch diesen Koffer öffnete er und ließ ihn den Inhalt sehen.

Als der Kleine das Geld erblickte, fing er an noch mehr zu schwitzen. Er zitterte immer stärker, sein Körper brauchte dringend wieder neuen Stoff. Der Entzug war schon im vollen Gange, und das war gut, denn so war er kalkulierbar.

»Mann, wer bist du? Warum hast du so viel Geld?«, fragte der Kleine, dabei starrte er den Fremden mit großen Augen an.

Der Schwarzgekleidete sagte spöttisch: »Was machst du dir für Sorgen, das ist doch egal, warum ich so viel Geld habe. Fakt ist, du kannst das Geld gut gebrauchen, ich habe es im Überfluss. Allerdings wäre da noch eine Kleinigkeit, das hätte ich beinah vergessen zu erwähnen. Schließlich gibt es kein Geschäft ohne eine Gegenleistung, oder?«, führte er grinsend fort. »Ich, oder besser gesagt mein Auftraggeber, der Teufel, bekommt nach deinem Tod, egal ob vielleicht heute oder erst irgendwann einmal, wenn du sterben solltest, deine Seele.«

»Ja klar der Teufel. Verdammte Scheiße was soll das alles?« Der Kleine lief nervös durchs Zimmer und rauchte schon seine vierte Zigarette.

Es dauerte nicht lange bis er dann sagte: »Ok Mann, ich nehme den zweiten Koffer, aber an den Seelenscheiß glaube ich nicht. Den Teufel gibt es nicht, das kannst du jemand anderem erzählen. Du spinnst doch!«

»Gut, du kannst glauben, an was du willst, das ist mir vollkommen egal.«

Der Schwarzgekleidete reichte ihm die Hand, um den dunklen Pakt zu besiegeln. »Pakt?«, fragte er.

Der Kleine sah die entgegengestreckte Hand erst an, dann nahm er sie und sah dabei in das Gesicht des Fremden. Als er in die Augen des Fremden sah, überkam ihn ein ungutes Gefühl das ihn total verunsicherte. Diese Augen machten ihm Angst. Er verdrängte aber das Gefühl und dachte nur noch an den nächsten Schuss der bald durch sein Blut fließen würde und an das viele Geld. Seine Gedanken waren jetzt bei den Drogen, die er gleich im Überfluss kaufen würde.

»Ok.«

Als der Schwarzgekleidete die Hand des Junkies in seiner hielt, lief dessen Leben in Sekundenschnelle an ihm vorbei. Er hatte den Tod verdient, dachte er sich, denn so viel Gewalt wie dieser Mensch in seinen jungen Jahren schon verübt hatte, war unglaublich. Er ließ seine Hand angewidert wieder los.

Beide standen vor dem Tisch mit den Koffern. Der Schwarzgekleidete packte erst die Pistolen ohne Eile in den ersten Koffer zurück. Dann öffnete er wieder den anderen Koffer und legte die fünf Pistolen aus diesem, der Reihe nach auf dem Tisch ab.

»So und jetzt nimm dir eine Pistole aus dieser Reihe!«, forderte er ihn auf und deutete auf die Waffen.

»Woher weiß ich überhaupt, dass ich dir vertrauen kann? Vielleicht hast du alle Waffen geladen und du willst mich nur reinlegen.«

»Du hast gar keine andere Wahl, Junge. Wahrscheinlich bin ich bis jetzt, der einzige Mensch in deinem verdammten Leben, dem du vertrauen kannst. Wie gesagt, nur zwei davon sind geladen, du hast also eine gute Chance auf das ganze Geld.«

Der Kleine glaubte dem Fremden, dennoch zögerte er kurz, bevor er die zweite Pistole aus der Reihe nahm. Vor lauter Aufregung übersah er dabei das zufriedene Grinsen auf dem Gesicht des Fremden. »So, jetzt setz dich auf den Stuhl und halte dir die Pistole an die Schläfe!«, forderte er ihn wieder auf.

Zitternd setzte der Kleine die Pistole an.

»Und jetzt drücke ab, ich wünsche dir viel Glück!«, sagte der Schwarzgekleidete grinsend.

Der Kleine schwitzte so dermaßen, dass er die Pistole kaum in der Hand halten konnte. Es verging etwas Zeit, bis er sie langsam wieder von der Schläfe nahm. Er starrte die Waffe in seiner Hand an und atmete tief ein und aus.

»Ich kann das nicht. Kannst du es denn nicht für mich tun?«, fragte er mit weinerlicher Stimme. »Bitte!«

»Nein, das musst du schon selber erledigen, Junge. Dabei kann ich dir nicht helfen.«

Es bestand kein Grund dazu Mitleid zu haben, denn die Bilder die er gesehen hatte, als er ihm die Hand gegeben hatte, ließen es nicht zu. Er sah die alte wehrlose Dame auf dem Boden liegen, um sie herum überall Blut. Brutal hatte er sie wegen ein paar jämmerlichen Dollar mit einem Messer ermordet. Wie ein Irrer, hatte er immer wieder auf sie eingestochen, obwohl ihm sein Opfer versprochen hatte, ihm alles zu geben, was sie besaß. Die alte Dame hatte um Gnade gefleht, aber das hatte ihn nicht im Geringsten interessiert und den Mittäter auch nicht. Es war kein anderer als sein Freund, mit dem er gerade vorhin zusammen war. Nein, dieser Mensch hatte kein Mitleid verdient, sein richtiger Platz war die Hölle.

Nach langem Zögern setzte der Kleine die Pistole erneut an die Schläfe. Beim Spannen des Hahnes, ertönte das leichte Klicken des Sicherungshebels. Nichts anderes war in diesem Moment zu hören, totenstill war es in dem Raum. Sein Zeigefinger berührte den Abzug. Sekunden später hallte ein Pistolenschuss durch die Nacht. Der Körper des Kleinen fiel sofort leblos zur Seite.

»Oh, das tut mir aber leid, waren wir wieder mal zu gierig«, lachte der Schwarzgekleidete eisig.

Sein Auftraggeber durfte sich über eine weitere Seele freuen. Ohne Mitleid sah er zu der Leiche. Auf dem Boden hatte sich schon eine große Blutlache um seinen Kopf gebildet.

»So, Nummer eins für heute«, sagt er und zog dabei seine Handschuhe aus.

Achtlos warf er sie auf den Boden. Der Schwarzgekleidete packte in aller Ruhe, alles wieder in den Koffer, dann verließ er gut gelaunt und vor sich hin pfeifend die Wohnung. Er hatte keine Angst, dass ihn jemand sehen konnte. Die Pistole, die der Kleine genommen hatte, ließ er so liegen, sollte die Polizei doch denken es handle sich um Selbstmord.

»Es war ja auch Selbstmord«, lachte er laut. Falls die Polizei überhaupt kommen sollte, dann konnte sie ihm dankbar sein für seine Hilfe. Ein Verbrecher weniger in dieser Stadt. Es würde wahrscheinlich sowieso eine Weile vergehen, bis ihn überhaupt jemand entdecken würde. Wahrscheinlich wunderte sich die Polizei über die gestiegene Selbstmordrate in dieser Stadt, dachte er sich grinsend, aber dafür hatten sie weniger zu tun.

Draußen an der frischen Luft sog er die reine kalte Luft in seine Lungen, als wäre er ein Ertrinkender. »Endlich draußen«, sagte er laut zu sich. Nochmals atmete der Schwarzgekleidete durch und freute sich darüber, seinem Auftraggeber wieder eine neue Seele beschert zu haben. Seine Kopfschmerzen, die heute Nachmittag angefangen hatten, waren wie weggeblasen, es ging ihm blendend.

Er lief nochmals zu seinem Auto und wechselte den einen Koffer aus, dann machte er sich gut gelaunt auf den Weg zu dem ersten Haus, in dem der größere der beiden Männer verschwunden war. Auf dem Weg zog er sich neue Handschuhe an, denn auch dort würde ihn das gleiche

Spielchen erwarten. Wenn er Glück hatte, würden es vielleicht zwei Seelen in dieser Nacht werden.

»Kommt her meine kleinen Seelchen, kommt und freut euch auf die Hölle, der Teufel hat schon den Tisch für euch gedeckt…«, sang er vor sich hin.

Es vergingen vielleicht dreißig Minuten, bis erneut ein Schuss durch die stille Nacht hallte. Die Hölle hatte zwei Seelen mehr in dieser Nacht entgegen genommen.

2.Kapitel
Hoffnung

Der dunkle Gang schien ewig lang zu sein, es kam ihr vor als würde sie seit Stunden den Ausgang suchen. Wie war sie hierhergekommen? Absolute Dunkelheit und eine eisige Kälte umgab sie, und immer wieder fühlte sie unter ihren nackten Füßen die Ratten. Es war, als würden sie alle den gleichen Weg entlang rennen. Sie quiekten furchtbar laut, so als hätten die Ratten die gleiche Angst wie sie, und es hörte sich an, als würden es Tausende sein. Sie tastete sich an der Wand immer weiter entlang, und immer wieder huschte Ungeziefer über ihre Hände. Angeekelt und in panischer Angst tastete sie sich immer weiter vor. Der Angstschweiß lief ihr in die Augen und es brannte wie Feuer. Plötzlich ging es nicht weiter. Sie erfühlte eine Türe, dann wurde es augenblicklich siedend heiß um sie herum. Sie ertastete den Türgriff und zog ihre Hand schnell wieder weg, der Griff war so heiß, dass sie sich die Hand verbrannte. Sie musste es noch mal versuchen, sie wollte hier raus. Wieder tastete sie nach dem Griff und ein höllischer Schmerz durchfuhr sie. Sie roch verbranntes Fleisch, dann nahm sie alle Kraft zusammen und drückte ihren ganzen Körper dagegen. Plötzlich war keine Türe mehr da, sie stand vor einem Abgrund. Voller Angst ging sie zwei Schritte vor und erstarrte bei dem Anblick, den sie sah. Sie stand auf einem Vulkankrater und in dem Feuer, das darin loderte, ragten tausende Arme heraus und wollten nach ihr greifen.

»Komm zu uns Claire, komm zu uns! Wir warten auf dich Schwester«, hörte sie alle gemeinsam rufen. Sie wollte schreien, aber kein Ton kam aus ihrer trockenen Kehle.

Eine Hand hatte sie am Fuß erfasst und zog sie in den Krater, sie spürte sofort wie sich ihre Kleidung in die Haut brannte. Die Schmerzen waren unerträglich. Jetzt konnte sie schreien und sie schrie aus vollem Hals. »Nein, lasst mich… nein… nein!«

Völlig verschwitzt und verwirrt schreckte Claire auf.

»Oh mein Gott…« Sie hatte schon wieder einen furchtbaren Albtraum gehabt und es dauerte eine Weile, bis sie begriff, dass sie Zuhause auf ihrer Couch war.

Gestern Abend hatte sie sich eine Flasche Rotwein aufgemacht und wollte nur nachdenken, wie sie ihrem Partner sagen sollte, was ihr auf dem Herzen lag. Seit den letzten drei Monaten machte sie sich ganz verrückt, und Albträume plagten sie jede Nacht. Immer sah sie ihn, den Schwarzgekleideten, der sie an jenen Tag erinnerte.

John hatte ihr merkwürdiges Verhalten schon bemerkt, aber ihr fehlte der Mut, ihm den wahren Grund für ihr Verhalten zu nennen. Immer wieder hatte sie nach Ausreden gesucht. In den letzten Tagen war sie ein reines Nervenbündel, hatte kaum was gegessen und sich mit Beruhigungstabletten regelrecht vollgepumpt. Jetzt war aber der Tag da, an dem sie ihm alles erklären musste. Es gab kein Aufschieben mehr. Sie hoffte immer, es wäre nur ein böser Traum, aber jeden Morgen war es der erste Gedanke. Der Tag, der 21. März 2014.

Sie konnte es nicht glauben und hoffte jeden Tag aufs Neue, dass es nicht eintreffen würde. Es brachte alles nichts, sie musste jetzt John anrufen, um mit ihm ein Treffen auszumachen. John war bestimmt schon bei der Arbeit in seiner Kanzlei. Vor zwei Jahren hatte er seinen Traum von der eigenen Kanzlei verwirklicht und war jetzt ein angesagter Anwalt in L.A. Sie hatten sich schon seit drei

Tagen nicht gesehen, ständig hatte sie eine Ausrede gesucht, um eine Verabredung zu vermeiden. Sie brach in den letzten Tagen immer öfter in Tränen aus und wollte nicht, dass John dies bemerkte.

Gestern hatte sie sich gedacht, dass es ein Fehler war, denn wenn das heute tatsächlich ihr letzter Tag wäre, hätte sie doch mehr Zeit mit ihm verbringen sollen. Ihr Blick fiel auf die leere Flasche Rotwein, die ganze Flasche hatte sie gestern getrunken. Kein Wunder, dass es ihr heute noch schlechter ging als sonst. Ihr Kopf dröhnte, als sie von der Couch aufstand, um das Telefon zu holen. Ihre Beine und die Hände zitterten so sehr, dass sie Johns Nummer dreimal wiederholen musste, da sie sich die ganze Zeit auf dem Display vertippte. Claire musste sich wieder setzen.

Nach viermal klingeln meldete sich John mit einer fröhlichen Stimme: »Hey Baby, na bist du schon wach, du kleine Schlafmütze?«

Claire musste erneut mit ihren Tränen kämpfen, als sie seine schöne und vertraute Stimme hörte. Sie liebte ihn so sehr. Claire beherrschte sich und antwortete so fröhlich wie möglich. »Ja klar John, du ich muss dringend mit dir reden. Ich wollte dich fragen, ob wir uns heute Abend im Chi Lin zum Essen treffen?«

Kurz war Stille, bevor John fragend antwortete: »Hey, ist alles in Ordnung bei dir? Du hörst dich irgendwie komisch an.«

Sie wollte ihm keine Sorgen machen. »Ja klar Schatz. Wie wäre es so um sechs Uhr? Ich rufe im Restaurant an und reserviere uns einen Tisch.«

»Ok, ich bin dann pünktlich dort meine Süße. Freu mich auf dich und hey…ich liebe dich.«

Mit einem Kloß im Hals antwortete sie: »Ich dich auch, bis später John«, zitternd legte sie auf und ließ dann ihren Tränen freien Lauf.

Nach einer Stunde etwa, sagte sie sich: »Ok, Claire Tyler, du hast dich auf dieses Spiel eingelassen, jetzt musst du durch und jetzt ist Schluss mit Selbstmitleid.«

Sie stand von der Couch auf, lief zu ihrer offenen Küche und ließ sich einen Kaffee durch. Das war vielleicht der letzte Kaffee, dachte sie sich, als sie den ersten Schluck nahm. Claire schaute auf ihre Armbanduhr, es war zwölf Uhr. Sie hatte also noch Zeit, bevor sie sich fertigmachen musste. Sie fragte sich, ob sie noch jemanden ihrer Freunde anrufen sollte, sagte sich dann aber: »Was soll ich denen denn sagen um Gottes Willen, hallo ich sterbe morgen vielleicht.« John musste es ihnen erklären, wenn alles so eintreffen sollte. Es war vielleicht nicht fair, aber sie konnte nicht anders.

Nachdenklich ging sie auf den Balkon, den sie sich über die Jahre so schön hergerichtet hatte. Sie hatte es hier so gemütlich, mit all ihren Pflanzen. Sie setzte sich in ihre Hollywoodschaukel und zündete sich eine Zigarette an. Die letzten Monate, hatte sie so viel geraucht, wie ihn ihrem ganzen Leben nicht. Wie schnell war die Zeit vergangen, zwanzig Jahre, dachte sich Claire.

Sie stand auf und schaute von ihrem Appartement nach unten. Claire beobachtete die Leute, die auf der Straße vorbei gingen und dachte sich, ob da wohl noch mehr Menschen darunter waren, die das gleiche Schicksal gewählt hatten, so wie sie damals. Claire bekam, obwohl es angenehme 20° Grad hatte, eine Gänsehaut, als sie an diesen Mann dachte, der sie damals angesprochen hatte und ihr dieses Angebot unterbreitete. Sie schüttelte sich kurz und rieb sich dich Arme. Claire zündete sich immer wieder eine neue Zigarette an. Schon lange fragte sie sich, wie der Tod wohl eintreffen würde, ganz schnell oder qualvoll mit Schmerzen? Sie hatte so eine verdammte Angst.

Claire saß etwa noch eine Stunde auf dem Balkon, als sie seufzte und nach drinnen ging. »Jetzt nehme ich ein Bad, dann mache ich mich auf den Weg zur Bank.«

Sie hatte die Absicht, ihr Vermögen auf Johns Konto zu überweisen, falls alles wirklich so eintreten sollte, wäre John gut abgesichert. Da sie ein sehr großer Tierfreund war, wollte sie auch wieder an verschiedene Tierhilfswerke spenden. Dieses Mal große Summen, da war ihr Geld doch am besten zu gebrauchen.

Auf dem Weg zum Bad lief sie ganz langsam durch das Wohnzimmer. Claire streichelte mir ihrer Hand über die Möbel und dachte sich, wie schön sie es hier doch all die Jahre hatte. Sie dachte an den Tag, als sie hier eingezogen war und überglücklich ihre Wohnung eingerichtet hatte. Dass dieser Tag mal kommen würde, hatte sie verdrängt. Es hatte ihr wirklich an nichts gemangelt. Alles war so wie es der Fremde gesagt hatte.

Claire betrachtete die Fotos, die sie an der Wand angebracht hatte. Es waren hauptsächlich Aufnahmen von ihr und John, alles glückliche Momente. Wieder überschlich sie eine Kälte und sie fröstelte.

Als sie in die Badewanne stieg, genoss sie das warme Wasser an ihrem Körper. Sie schloss die Augen und die Bilder ihrer Jugend gingen ihr durch den Kopf. Diese schlimme Zeit hatte sie verdrängt, aber jetzt kam alles wieder in ihr hoch. Diese schreckliche Erinnerung. Ob ihr Vater noch lebte? Ob er wieder geheiratet hatte? Sie hoffte, dass seine neue

Frau nicht die gleiche Erfahrung wie ihre Mutter gemacht hatte. Keine Frau hatte so etwas verdient.

Als das Wasser fast schon kalt war, stieg sie aus der Wanne. Sie zog ihren kuscheligen Bademantel an und lief ins Schlafzimmer. Danach stand Claire vor dem Kleiderschrank und wählte einen schwarzen kurzen Rock und eine weiße Bluse aus, die etwas mehr ausgeschnitten war. Sie wollte heute gut aussehen, John sollte sie so in Erinnerung behalten. Nachdem sie ihre Haare geföhnt hatte, beschloss sie ihre langen, glatten schwarzen Haare heute offen zu lassen. John liebte diese und nörgelte immer, wenn sie einen Pferdeschwanz trug. Sie schaute noch ein letztes Mal in den Spiegel. Sie hatte versucht, mit Make-up die Spuren der vergangenen Tage zu vertuschen, aber nicht unbedingt mit Erfolg. Man sah ihr die Strapazen deutlich an.

Jetzt war es schon halb vier, sie musste sich beeilen um noch rechtzeitig zur Bank zu kommen. Sie steckte den Brief, den sie vor ein paar Tagen John geschrieben hatte, in ihre kleine schwarze Tasche, nahm ihren Schlüssel und schaute sich noch einmal in ihrer Wohnung um. Es ist doch schade, dachte sie sich, da sammelte man alle möglichen und schönen Dinge, aber nichts kann man auf seinen letzten Weg mitnehmen. Nichts. Tränen schossen ihr wieder in die Augen, dann verließ sie schnell ihre Wohnung. Die Bank war nicht weit entfernt, daher ging sie zu Fuß dahin. Nach einer Stunde war alles erledigt. Der Bankangestellte hatte sie verwundert angesehen, hatte aber Gott sei Dank keine Fragen gestellt. Erleichtert, dass alles glattgegangen war, verließ sie die Bank. Jetzt hatte sie noch etwas Zeit übrig, um alles nochmals zu überdenken. Sie ging in den Park, der nicht weit weg war und setzte sich dort auf eine freie Parkbank.

Lange dachte sie nach und beobachtete die Menschen, die dort lachten und spielten. Paare die sich küssten und Menschen die einfach nur spazieren liefen. Nutzt eure Zeit gut, dachte sie sich dabei und kämpfte wieder mit einem Kloß im Hals. Plötzlich erschrak sie. War das, der mit einem kleinen Mädchen sprach, nicht dieser schwarz gekleidete Mann von damals? Aufgeregt sprang sie auf und wollte schnell zu dem Mädchen laufen, aber in dem Moment sagte die Kleine: »Papa, bringst du mir auch ein Eis mit? Aber nur Schokolade.«

Erleichtert blieb sie stehen. »Jetzt drehe ich noch durch«, sagte sie laut.

Die Zeit im Park verflog so schnell, und sie musste sich jetzt auf den Weg zu ihrem Auto machen, um ins Restaurant zu fahren. Die Fahrt kam ihr ewig vor, wahrscheinlich weil sie so nervös war. Claire musste sich so sehr auf den Verkehr konzentrieren, da sie mit ihren Gedanken schon John gegenüber saß.

Nach einer halben Stunde wurde Claire im Chi Lin herzlich begrüßt. Man kannte sich gut, denn John und Claire waren öfter dort und genossen das gute Essen. »Guten Tag, Claire. Ich hoffe es geht Ihnen gut?«, höflich neigte die Restaurantangestellte den Kopf.

»Ja danke, Sue Lu. Ist John schon da?«

»Nein noch nicht. Aber ich bringe Sie an Ihren Tisch. Wir haben Ihnen wie immer, den besten Platz reserviert.«

Sie wartete, bis Claire sich gesetzt hatte.

»Darf ich Ihnen schon etwas zu trinken bringen, oder möchten Sie noch auf John warten?«

Sie bestellte sich ein Glas Wasser und einen trockenen Rotwein. Es war jetzt kurz vor sechs, John müsste gleich kommen. Trotz der angenehmen Temperatur im Restaurant schwitze Claire vor lauter Aufregung, weil sie immer noch nicht wusste, wie sie John alles erklären sollte.

Dann nach wenigen Minuten kam er, ihr John. Wie gut er doch aussah. Claire beobachtete ihn voller Stolz, als er von Sue Lu auch so herzlich begrüßt wurde und sie ihn an ihren Tisch führte. Er war wie immer gut angezogen, er hatte einen schwarzen Anzug und ein weißes Hemd an. Seine Größe und seine stattliche Figur, machten ihn in der Damenwelt immer zu einem Blickfang. Oft hatte Claire die neidischen Blicke anderer Frauen bemerkt, wenn sie gemeinsam unterwegs waren. Vor drei Monaten hatten sie seinen dreiundvierzigsten Geburtstag gefeiert, er sah besser aus denn je.

Als er bei ihr war, stand Claire auf und er begrüßte sie mit einem Kuss. Wie gut er roch, dachte sich Claire, sie zog den Duft regelrecht in sich auf, denn sie wollte diesen Moment nie vergessen. »Armani«, sagte sie laut und lächelte, als sie bemerkte, dass sie eben laut gedacht hatte.

»Ja, das ist ja dein Lieblingsduft«, sagte John und lachte. »Na mein Kleines, wartest du schon lange?«, fragte er gut gelaunt.

Sie lächelte ihn an und sagte mit räuspernder Stimme: »Nein, so etwa zehn Minuten. Wie war dein Tag, Schatz?« John berichtete von seinem Tag. Er erzählte von einem sehr schwierigen Klienten, und dass dieser Fall kaum zu gewinnen sei. Es würde wohl zu einem Deal mit der Staatsanwaltschaft kommen müssen. Während John weiter von seiner Arbeit berichtete, kam Sue Lu an den Tisch, um die Bestellung aufzunehmen. Claire hatte gar keinen Appetit, und es war ihr gar nicht nach Essen zumute, aber sie bestellte sich trotzdem einen Salat. John dagegen, wie immer mit großem Appetit, wählte eine Vorspeise und als Hauptgericht Reis mit Gemüse.

Claire lächelte kurz, sie fragte sich immer wieder wie John nur so viel essen konnte und trotzdem kein Gramm zunahm.

Bis das Essen kam, sprachen sie über alle möglichen Dinge und Claire versuchte ihr Gespräch bis nach dem Essen heraus zu zögern.

Als sie fertig gegessen hatten, fasste John nach ihrer Hand und fragte: »Was wolltest du mir eigentlich berichten, Claire? Hey, deine Hand ist ja ganz kalt und nass, Schatz.«

Claire schluckte einen dicken Kloß herunter und begann stotternd und mit leiser zaghafter Stimme: »John, das was ich dir jetzt erzählen werde, wird dich sehr treffen. Seit Tagen habe ich überlegt, wie ich es dir schonend beibringe und ich habe diesen Weg gewählt.«

John fragte ängstlich: »Bist du krank, Claire?«

Weinerlich klang ihre Stimme, als sie sagte: »Nein John, es ist noch viel schlimmer, aber ich erzähle dir jetzt die ganze Geschichte. Ich hoffe du wirst mich danach nicht hassen.«

Fragend schaute John sie an und dachte, wie könnte er diese Frau jemals hassen.

»John ich habe dir über meine Vergangenheit nicht die Wahrheit erzählt. Die ganzen Jahre habe ich dir etwas Schreckliches verschwiegen, weil ich diesen Tag anfangs verdrängt habe. Erst jetzt während der letzten Monate, ist mir alles wieder bewusst geworden. Wo soll ich nur anfangen?«

Claire machte eine kleine Pause, trank nervös etwas von ihrem Wein und schaute in Johns fragenden Augen. Der Schweiß rann an ihr runter wie Wasser, als sie weitererzählte. »Ich bin nicht hier in L.A. aufgewachsen, so wie du denkst. Ich habe dir ja erzählt, dass mein Vater ein reicher Banker war und ich Geld von meinen Eltern, die beide gestorben waren, geerbt habe. Es stimmt nicht, im Gegenteil. Meine Eltern und ich wohnten damals in Detroit, in einer verwahrlosten Wohnung, und mein Vater war alles andere als ein Banker. Er war ein gewalttätiger Alkoholiker, der fast täglich seine Frau und seine Tochter geschlagen hat. Er hat auf dem Bau gearbeitet und weil er seine Arbeit verabscheute, trank er viel. Meine Mutter und mich hasste er, ich denke mal, weil er uns ernähren musste.« Tränen schossen Claire in die Augen.

John fasste wieder nach ihrer Hand. Er fragte verwundert: »Warum hast du mir das nie erzählt, meinst du das hätte mir was ausgemacht und ich hätte mich nicht in dich verliebt, damals? Wenn es überhaupt möglich gewesen wäre, hätte ich dich noch mehr geliebt.«

Mit weinerlicher Stimme erzählte Claire weiter. »Genau das glaube ich, denn die Geschichte geht ja leider noch weiter.« Sie räusperte sich und tupfte sich mit der Serviette den Schweiß von der Stirn. »Mit vierzehn Jahren bin ich von zu Hause abgehauen, ich hatte es dort nicht länger ausgehalten. Die Brutalität meines Vaters hatte von Tag zu Tag zugenommen. Am Anfang waren es noch seine Hände die zuschlugen, aber dann kamen andere Gegenstände, wie sein Gürtel oder Besenstiele hinzu. Der Besenstiel tat am meisten weh, und er schlug immer an die Körperteile, an denen es kein Fremder bemerken würde. Wie oft lag ich in meinem Bett und habe vor Schmerzen geheult. Keiner konnte mir helfen. In der Schule konnte ich mich auch keinem anvertrauen, die Lehrer wären doch gleich zu meinem Vater gerannt und hätten es ihm brühwarm erzählt, dann wäre alles nur noch schlimmer gewesen.

Verwandtschaft hatten wir in Detroit auch keine, an die ich mich hätte wenden können. Und in so einer Nacht hatte ich meinen Entschluss gefasst abzuhauen. Ich habe meine Mutter gefragt, ob sie nicht meinen Vater verlassen möchte. Wir hätten uns dann beide eine schöne neue Wohnung gesucht und von neuem anfangen können, aber sie wollte bei meinem Vater bleiben. Sie liebte ihn noch immer, obwohl er sie wie Dreck behandelte. Ich kann mich noch so gut an ihre Worte erinnern, als sie mir sagte, ich könnte es nicht verstehen, noch nicht verstehen.«

Claire traten erneut Tränen in die Augen. Sie sah in diesem Moment ihre Mutter vor sich, sie hatte in dieser Nacht ein geblümtes Nachthemd angehabt und sie hatte Claire dabei traurig angelächelt. Sie wussten beide, dass ihnen wieder eine schlimme Nacht bevorstehen würde, denn Vater war auf Sauftour und das bedeutete nichts Gutes.

Claire seufzte und setzte fort. »Immer wieder war sie im Krankenhaus wegen ihm. Wie oft hatte sie Rippenbrüche, Armbrüche und Prellungen. Einmal hatte er sie sogar mit heißem Wasser übergossen. An diesem Tag stand meine Mutter am Herd und wollte gerade Nudeln in das kochende Wasser geben, als er einfach den Topf vom Herd nahm und das kochende Wasser auf sie schüttete. Ich stand im Türrahmen und habe alles gesehen. Sie hatte versucht sich mit den Händen zu schützen, dadurch waren ihre Hände am stärksten verbrüht. Nach dieser Tat lag sie lange im Krankenhaus und ich war alleine mit diesem Ungeheuer, aber komisch an diesen Tagen hatte er mich in Ruhe gelassen. An mir hat er seine Brutalität eh nicht so sehr ausgelassen, also nicht so, dass ich ins Krankenhaus gemusst hätte, denn sonst wäre er vielleicht aufgeflogen. Bei Kindern gehen die Ärzte etwas anders vor, aber bei meiner

Mutter wusste er, sie würde ihn nicht verraten oder gar anzeigen. Sie erzählte den Ärzten immer neue Geschichten, aber ihren Mann erwähnte sie nie. Bestimmt wussten die Ärzte, wer ihr die Wunden zuführte, aber was sollten sie machen. Meine Mutter hätte ihn anzeigen müssen. Ich hielt es also nicht mehr aus und habe meinen Entschluss in die Tat umgesetzt, ein paar Sachen in eine Plastiktüte gepackt und bin dann abgehauen. Am Anfang habe ich mich bei einer Schulfreundin aufgehalten, das ging aber nicht lange gut. Ihre Eltern konnten es nicht verstehen. Sie wollten mich nach Hause bringen, obwohl sie wussten, wie es bei uns zuging. Da wollte ich aber bestimmt nicht mehr hin, habe wieder meine wenigen Dinge zusammengepackt und dann bin ich auf der Straße gelandet. Die erste Nacht bin ich einfach durch die Straßen gelaufen, ich war in Panik, da ich absolut keine Ahnung hatte wo ich hin sollte.«

Claire griff wieder nach ihrem Glas Wein und trank es hastig leer, als müsste sie sich Mut antrinken. Sie winkte Sue Lu zu und deutete auf ihr Glas.

Claire seufzte. »Ich erinnere mich an eine Familie in dieser Nacht die an mir vorbei gelaufen war. Sie waren so glücklich. Sie lachten miteinander und man spürte, dass diese Kinder geliebt wurden. Ich dachte mir in diesem Moment, dass dies die glücklichste Familie auf der ganzen Welt sei müsste. Und ich, was war mit mir? Warum liebte mich niemand so, wie diese beiden Kinder? Waren sie was Besseres als ich? Voller Selbstmitleid beneidete ich diese beiden Kinder in dieser Nacht. Sie würden jetzt in ihr schönes warmes kuscheliges Zuhause gehen. Ihre Mutter würde ihnen in ihrem behaglichen Heim einen Kakao kochen, danach was Leckeres zum Essen zaubern. Papa würde bestimmt noch was mit ihnen spielen und ihnen dann ein Märchen vorlesen. Tja und ich stand hier alleine frierend auf der Straße. Lange hatte ich ihnen nachgeblickt. Ich hätte vor lauter Wut schreien können, es war so ungerecht.«

Sue Lu brachte Claire den Rotwein und stellte ihn vor ihr ab. »Darf ich Ihnen auch noch etwas bringen, John?« »Nein Danke, Sue Lu.«

Als sie wieder unter sich waren, griff John erneut nach Claires Hand. »Was passierte dann?«, fragte er.

»Seit dieser Nacht wurde alles schwieriger für mich, ich musste draußen in der Kälte übernachten, denn ich hatte überhaupt keinen einzigen Cent in der Tasche. Ich dachte jede Nacht immer wieder an die beiden Kinder, wie sie in ihren warmen Bettchen lagen und beneidete sie so sehr darum. Ich beneidete sie um die Liebe, die sie bekamen. Jedes Kind hatte doch Liebe verdient, warum ließ Gott so etwas zu, hatte ich mich immer wieder gefragt. Dann kam der Tag, da änderte sich etwas in meinem Leben. Ich saß an jenem Tag an einer Bushaltestelle und fühlte mich elendig, als mich ein Mann angesprochen hatte. Er hatte mit seinem dicken Mercedes direkt an der Bushaltestelle gehalten und ist zu mir hergekommen. Dieser Fremde hatte sich einfach neben mich hingesetzt. Ich hatte ein mulmiges Gefühl und Angst vor ihm, wobei ich mich fragte, was dieser Mann von mir wollte. Tja, was wollte er wohl, Sex wollte er und bot mir Geld dafür an. Ich bräuchte keine Angst vor ihm zu haben, hatte er gesagt. Er würde mir auch nicht wehtun. Im Gegenteil, er fände mich voll nett, so nett wie seine eigene Tochter. Er hatte mir den Arm umgelegt, als er mir von seiner Tochter erzählte, wie hübsch sie war und dass er ihr jedes Mal von seiner Geschäftsreise etwas Schönes mit- brachte. Immer wieder machte er mir Komplimente, wobei er mir mit seiner Hand über den Rücken strich. So saßen wir eine Weile da, dann hatte er meine Hand genommen und ist aufgestanden. Ich zögerte einen kurzen Moment, aber bin doch aufgestanden und dann saß ich in seinem Auto. Schon nach kurzer Zeit hielten wir vor einem Stundenhotel an, er kannte es wohl schon. Es hat mich sehr große Überwindung gekostet aus dem Auto zu steigen, meine Angst war so groß, aber ich brauchte das Geld so dringend. Seit Tagen hatte ich kaum etwas gegessen. Der Fremde hat mir damals 30 Dollar angeboten. Das war in diesem Moment sehr viel Geld für mich. Die Dame an der Rezeption hat mich ganz böse angeschaut, eigentlich hätte sie etwas unternehmen müssen, da ich bestimmt nicht volljährig ausgesehen habe. Aber sie hat nur das Geld entgegen genommen und diesem Mann den Schlüssel übergeben. Als wir das schäbige Zimmer betraten, hat er wieder meine Hand genommen und hat mich zum Bett geführt. Dort setzten wir uns hin, dann hatte er wieder seinen Arm um mich gelegt. Kleines, habe keine Angst, hatte er gesagt. Dann kam der Moment, als er mich am Schenkel anfasste und mir Stück für Stück meine Kleidung auszog. Ich zitterte am ganzen Körper, denn ich war fassungslos was da passierte. Ich versuchte, nur an das Geld zu denken und ließ dann alles über mich geschehen. Er fasste mich überall an, noch heute kann ich mich an seine rauen Hände erinnern, als er mir den Slip auszog. Ich presste meine Beine fest zusammen. Er hatte mir zu geflüstert, dass ich mich entspannen sollte, dann würde es mir auch Freude bereiten. Dann ging es ganz schnell, er drückte mich zurück und plötzlich lag er keuchend auf mir. Er drückte mir mit seinem Unterkörper die Beine auseinander. Ich erinnere mich, als wäre es erst gestern

gewesen, wie weh es tat, als er in mich eindrang und an das beklemmende Gefühl, seinen schwitzenden Körper auf mir zu spüren. Ich dachte nur, Gott lass es bald vorbei sein. Wie tot lag ich da, als er sich endlich von mir auf die Seite rollte. Er hatte zufrieden geseufzt, aber ich nicht. Ich lag da, mit dem ekligen und klebrigen Zeug zwischen meinen Beinen. Dann ist er nach kurzer Zeit aufgestanden und hat sich angezogen. Er hat mir danach das Geld aufs Bett gelegt mit dem Hinweis, dass ich hier noch duschen könnte, bevor ich gehe. Ohne ein weiteres Wort ist er dann gegangen. Ich habe geduscht, das kannst du mir glauben. Stundenlag muss es gewesen sein, ich wollte gar nicht mehr raus aus der Dusche. Tja, das war also mein erstes Mal, leider nicht romantisch so wie bei den anderen normalen Mädchen.«
»Mein Gott Claire, so etwas Schlimmes habe ich noch nie gehört. Es tut mir so leid, dass du so etwas Schreckliches erleben musstest. Wie kann man mit einem Kind so umgehen?« John schüttelte fassungslos den Kopf dabei.
Claire kämpfte wieder mit den Tränen. »Ja John, das fragte ich mich auch. In einem Punkt hatte der Mann aber recht gehabt, er war wirklich nett zu mir gewesen, denn ich sollte später mit Männern andere Erfahrungen machen, denn seit jener Nacht sorgte ich dann auf diesem Wege für meinen Lebensunterhalt. Ich habe mir ein winziges Zimmer gemietet, indem ich mich gar nicht wohlgefühlt habe, aber es war besser als nichts und immerhin noch erträglicher als daheim bei meinem brutalen Vater. Ich hatte einen kleinen Fernseher und ein Bett. Wenn ich in meinem Bett lag, habe ich öfter an meine Mutter gedacht, ich habe sie aber zu dieser Zeit leider nicht mehr angerufen, um zu erfahren wie es ihr geht. Vor etwa achtzehn Jahren, als ich schon zwei Jahre hier in L.A. war, habe ich Mut gefasst und mich

getraut sie anzurufen, denn ich wollte ihr erzählen, dass ich Geld hätte und sie unterstützen könnte. Aber es lebten zu dieser Zeit völlig fremde Leute in unserem Haus. Die Frau am Telefon gab mir die Auskunft, dass meine Mutter verstorben sei. Warum wäre ihr leider nicht bekannt. Aber die Nachbarn haben erzählt, dass in jener Nacht die Ambulanz da gewesen war, aber mehr wüsste sie nicht. Wo mein Vater abgeblieben war, wusste keiner. Da wusste ich, dieser elendige Mistkerl hat sie getötet.«

John starrte Claire fassungslos an. Er wollte gerade etwas sagen, verstummte aber wieder, als Claire mit ihrer Geschichte fortfuhr.

»Wie es meistens so ist, brauchst du dann irgendwelche Pillen und Alkohol, um das ganze Elend ertragen zu können, anders geht es nicht. Es wird mit der Zeit immer mehr, die Drogen härter, und es dauerte nicht lange, bis du am Ende bist. Denn du brauchst immer mehr Geld, immer mehr. Ich war am Ende John. Das Heroin machte mich fertig, ich war körperlich und psychisch ein Wrack. Ich brauchte immer mehr Stoff, das hieß aber auch, ich musste mehr Kunden bedienen. Aber irgendwann will dich dann kaum noch ein Freier. Am Anfang, als ich ja noch fast ein Kind war, frisch und unverbraucht, da wollten sie mich noch, die alten Böcke. Durch meine Drogensucht sah ich auch wirklich nicht mehr gut aus. Die Drogen machen dich in kürzester Zeit zu einem verbrauchten Wrack. Wenn du in so einem Zustand bist, denken viele Typen, sie brauchen nicht zu bezahlen. Oft gingen sie ohne Bezahlung, denn ich war zu schwach und zugedröhnt um mich dagegen zu wehren.

So vergingen die Jahre, John. Dann kam dieser entscheidende Tag, ich war damals neunzehn Jahre alt. Ich saß auf der Straße neben einem Einkaufscenter, ich fror jämmerlich, es war März aber es war immer noch sehr kalt. Mein Magen knurrte, denn ich hatte großen Hunger und brauchte dringend einen Schuss. Ich war einige Tage davor krank gewesen, deswegen konnte ich kein Geld auf der Straße verdienen, darum dachte ich mir, es könnte mit betteln vor dem Supermarkt klappen. Ich hätte in diesem Zustand keinen Freier geschafft.«

Clair unterbrach kurz, trank ihr Glas in einem Zug leer und fragte John zögernd: »Du hasst mich jetzt bestimmt, oder? Ich würde es verstehen, wenn es so wäre.«

John starrte sie mit großen verwunderten Augen an und suchte nach Worten: »Ich weiß nicht was ich sagen soll, Claire. Sag bitte, dass es nur ein Traum ist. Sag es bitte! Es geht mir nicht in den Kopf.«

Sie schüttelte den Kopf. Mit leiser, weinerlicher Stimme antwortete sie: »Leider nein John, leider nein.«

Clair bestellte sich erneut ein Glas Wein bei Sue Lu.

»Claire, trink bitte nicht so viel! Du hast für heute schon genug getrunken.«

»John ich brauche das heute, du glaubst gar nicht wie schwer es für mich ist, dir das alles zu erzählen. Dir zu sagen, dass ich mich prostituiert habe und drogenabhängig war.«

Sie zögerte kurz, denn sie musste sich konzentrieren.

»Wo habe ich aufgehört? Ah ja. Ich saß also an diesem Nachmittag mit meiner schäbigen Decke auf dem kalten Boden, als plötzlich ein fremder Mann vor mir stand. Er war ganz schwarz gekleidet. Ich schaute hoch und sah in ein Gesicht, das mich mit kaltem, aber irgendwie neugierigem Blick ansah. Er lächelte zwar, aber wenn ich an diesen Blick denke, bekomme ich jetzt noch eine Gänsehaut. Er kniete sich zu mir runter auf den Boden und wollte wissen, warum ich hier sitze. Ich erzählte ihm meine ganze Geschichte, ich weiß nicht warum, aber etwas an ihm brachte mich dazu, ihm mein ganzes erbärmliches Leben zu erzählen. Irgendwie hatte ich den Eindruck ich tat ihm leid, denn seine Augen blickten milder. Als ich weinend meine Geschichte fertig erzählt hatte, stand er auf und lief ein paar Schritte hin und her. Es schien, als würde er über etwas nachdenken. Es verging bestimmt eine viertel Stunde, und ich wunderte mich in dieser Zeit, wer dieser Mann war und warum ich ihn interessierte. Ich dachte mir, dass er mir jetzt bestimmt ein Angebot macht, um mit ihm in ein Stundenhotel zu gehen. Ok, sagte er dann aber zu mir, er hätte mir einen Vorschlag zu machen. Hör gut zu, hat er zu mir gesagt. Ich wüsste nicht wie mein Leben weiterginge, er schon, darum stelle er mir jetzt diese wichtige Frage. Er biete mir ein gesundes und sorgenfreies Leben mit viel Geld an, im Gegenzug wollte er aber in genau zwanzig Jahren mein Leben und der Teufel meine Seele. Er zeigte mir einen Lotterieschein und sagte, in zwei Tagen würde ich mit diesem Schein sehr viel Geld gewinnen. Es gäbe dann aber kein Zurück mehr für mich, wenn ich mich hier und jetzt darauf einlassen würde. Das hieß, ich müsste am 21. März 2014 sterben. Genau dieser Tag wäre mein Todestag. Es würde kein Erbarmen geben, das sollte ich wissen, hat er gemeint. Er hat mir tief in die Augen geschaut, als er mich dann fragte, ob ich sein Angebot annehmen möchte. Ich weiß noch wie heute, dass ich ihn unglaubwürdig angesehen habe. Dann habe ich nur genickt.«

Claire griff erneut nach ihrem Glas Rotwein, nahm einen großen Schluck um zitternd weiter zu erzählen: »Ich saß immer noch verwundert auf dem kalten Boden. Er fragte nochmals, also nimmst du mein Angebot an? Zögernd hatte ich ja geantwortet, was hätte ich denn zu verlieren. Zwanzig Jahre waren eine sehr lange Zeit hatte ich damals gedacht. Er reichte mir die Hand und zog mich vom Boden hoch. In diesem Moment ging etwas durch meinen Körper, ich spürte neue Kraft und Energie, ich fühlte mich plötzlich gesund und lebendig. Verwundert stand ich auf und blickte mich um. Ich sah wieder Leben um mich. Farben, alles war plötzlich so bunt, nicht so trist wir die Jahre zuvor. Keine Entzugserscheinungen mehr, keine Schmerzen und mein Kopf war so was von klar.« Claire strahlte plötzlich und lächelte, als würde sie diesen Moment nochmal erleben. »Seine warme Hand hielt immer noch die meine und ich sah fragend in das Gesicht des Mannes. Er lächelte, aber seine Augen blickten ernst, als er mir etwas in die Hand drückte. Es war der Lotterieschein.

So jetzt geh, hatte er zu mir gesagt. Genieße dein Leben, denn die Zeit vergeht schnell, sehr schnell. Ich stand da und habe nur genickt. Nur wusste ich gar nicht wohin, weil ich so verwundert war, über das was hier passiert war. Er wünschte mir viel Glück, und als ich ihm den Rücken zudrehte und fortging, spürte ich lange seinen Blick hinter mir, der mich beobachtete.«

John räusperte sich und schaute Claire ungläubig an.

»Es ist unfassbar, ich kann das alles gar nicht glauben. Es ist alles wie ein bitterböser Traum. Sag, dass das alles ein Scherz ist und lass uns bitte gehen.«

Claire schüttelte den Kopf. »Nein John, glaube mir es ist leider kein Scherz. Es war alles so, wie der Mann damals gesagt hatte. Mir ging es seit diesem Tag blendend, wie wenn nie was gewesen wäre. Heroin brauchte ich seit diesem Tag nicht mehr, ich war clean und hatte gar kein

Bedürfnis danach. Es war, als wäre ich nie abhängig gewesen. Zwei Tage wartete ich ab, und es war tatsächlich so, ich hatte gewonnen. Es waren exakt 1,5 Millionen Dollar. Da ich vorher kein Konto bei einer Bank besaß, musste ich eins eröffnen. Es war alles so wie er gesagt hatte. Als das Geld auf meinem Konto war, bin ich gleich nach L.A. geflogen. Ich wollte nicht mehr in Detroit bleiben. Ich hasste diese Stadt und wollte wo anders ein neues Leben beginnen. Hier in L.A. machte ich mich dann mit einer Boutique selbstständig und alles lief bestens. Dann vor zehn Jahren lernte ich dich kennen, ab da an, weißt du ja alles über mich.«

Claire schluckte und erneut bekam sie Hitzewallungen. Sie wedelte sich mit der Speisekarte Luft zu. »So jetzt habe ich dir alles erzählt, mir geht es aber dennoch nicht besser. Mir ist schlecht und ich habe Angst, sehr große Angst, John. Morgen ist es soweit, da werde ich sicherlich sterben.«

John saß wie erstarrt da und konnte alles nicht fassen. Er sagte kein Wort. Claire schob ihm jetzt den Brief zu, den sie ihm vor ein paar Tagen geschrieben hatte. »Ich habe dir einen Brief geschrieben, John. Lese den Brief aber bitte erst, wenn du weißt, dass ich tot bin. Wer weiß, vielleicht gibt es ein Wunder und es passiert gar nichts. Mit etwas Glück haben wir noch viele gemeinsame Jahre miteinander.«

John lachte jetzt nervös. »Ich glaube das alles einfach nicht. So etwas gibt es nicht wirklich, den Teufel und so ein Quatsch. Warum hast du mir nicht schon früher von deiner Geschichte erzählt? Denkst du wirklich ich hätte dich dann nicht mehr geliebt? Für was für ein Arschloch hast du mich gehalten?«

Den letzten Satz hatte er geschrien und dann entstand eine kleine Pause.

John fasste nach ihrer Hand. »Du bist für mich die wundervollste Frau der Welt, Claire, glaube mir. Hättest du mir aber die ganze Geschichte schon viel früher erzählt, dann hätten wir unsere gemeinsame Zeit viel besser nutzen können. Ich hätte nicht so viel gearbeitet, dann wären wir öfter in den Urlaub gefahren. So hatten wir nur drei gemeinsame Urlaube, wegen meinem Job.«

»Ach John, ich hatte einfach Angst, wenn du meine Geschichte erfährst, wärst du enttäuscht von mir. Eine Frau, die schon so viele Männer in ihrem Leben hatte, dazu noch drogenabhängig war. Glaub mir, ich schäme mich unendlich dafür. Sehr lange habe ich schon darüber nachgedacht, wie ich es dir sagen soll. Es gab Tage, da habe ich mir gedacht, dass ich es dir gar nicht erzähle. Ich hätte so tun können, als hätte ich dich verlassen. Aber dann hättest du dein ganzes Leben einen Hass auf mich gehabt.« Claire schossen erneut die Tränen in die Augen.

»Vielleicht war dieser Mann einfach nur ein Spinner, der dir Angst machen wollte.«

»Was den fremden Mann anbelangt, glaube mir der war echt, denn es ist alles so eingetroffen, das Geld, mein Glück in der Liebe, einfach alles. Ich habe zwar noch etwas Hoffnung, also warte mit dem Brief bitte.«

»Was sollen wir jetzt machen, Claire?« John schaute sie mit Tränen in den Augen an.

Claire konnte es nicht mehr ertragen. »Ich muss jetzt kurz auf die Toilette, John.« Sie nahm ihre Tasche und schaute ihn zärtlich an, sie berührte beim Aufstehen noch kurz seine Hand.

John saß wie in Trance da, tausend Gedanken gingen ihm durch den Kopf und er konnte einfach nicht klar denken. Es mussten zwanzig Minuten vergangen sein, als er bemerkte, dass so viel Zeit vergangen war und Claire noch nicht zurück war. Wo war sie nur? Fragend schaute er sich um.

In dem Moment als er aufstehen wollte, kam Sue Lu an den Tisch. Etwas zögerlich sagte sie: »John, ich soll Ihnen von Claire ausrichten, dass sie gegangen ist und Sie nicht nach ihr suchen sollen.«

John sprang so hastig auf, dass sein Stuhl nach hinten kippte. »Sie ist weg? Bringen Sie mir schnell die Rechnung!«

»Ihre Frau hat schon bezahlt, John.«

John schnappte sich sein Jackett und rannte schnell zum Gebäude hinaus. Auf der Straße blickte er sich in alle Richtungen um, aber er konnte Claire nirgendwo mehr sehen. Seine Claire.

»Was mache ich jetzt verdammt?«, fragte sich John laut. Er suchte nach ihrem Auto, aber es war weg.

»So ein verdammter Mist. Claire, so viel wie du getrunken hast, darfst du doch kein Auto mehr fahren«, schrie er verzweifelt und ging in die Knie.

Tränen liefen ihm über die Wangen, aber er bemerkte es gar nicht. Er war wie in einem Schockzustand.

John kam erst wieder richtig zu sich, als sich zwei Passanten nach seinem Befinden erkundigten. »Geht es Ihnen nicht gut, Mister? Brauchen Sie Hilfe?«

Er schaute zu ihnen hoch und stand dann plötzlich auf. »Alles gut, danke.«

Er musste in ihre Wohnung, vielleicht war sie schon dort. Hastig lief er zu seinem Auto und fuhr wie ein Irrer zu Claires Wohnung. Genauso wie er gefahren war, so rannte er die Treppe hinauf und schloss völlig außer Atem die Türe auf. »Claire, bist du hier? Claire?«, schrie er, aber die Wohnung war dunkel und leer. Niemand war da.

Es überkam ihn ein unheimliches Gefühl, denn eine eisige Kälte überkam ihn plötzlich. Er schüttelte sich und rieb sich die Arme.

»Es kann nicht wahr sein, nein, nein, nein…«, schrie er und ließ sich verzweifelt auf die Couch fallen. John nahm seinen Kopf in die Hände und fing an zu weinen.

»Was…?« John schreckte hoch. Er war auf der Couch eingeschlafen und musste sich erst orientieren, wo er überhaupt war. Er lag im Dunkeln, dann erinnerte er sich schlagartig an alles. Das Essen und Clairs Geschichte. Plötzlich war er wieder hellwach.

John begriff jetzt, dass es sein Handy war, das klingelte. Er schaute auf die Uhr, es war ein Uhr nachts, er musste kurz eingeschlafen sein. Mit zitternder Hand griff er nach seinem Handy. »Claire?! Bist du es?«

Er wurde leider enttäuscht.

Nach einigen Minuten ließ er das Handy aus der Hand fallen.

Eine Polizistin hatte ihm erläutert, dass Claire einen tödlichen Unfall gehabt hätte. Ein anderer Pkw Fahrer wäre auf die Gegenseite gefahren und mit dem Pkw von Claire zusammen geprallt. Claire wäre sofort tot gewesen und hätte keine Schmerzen gehabt. Da Claire ihr Handy dabei hatte, konnten sie John anrufen, um es ihm mitzuteilen.

Die Polizistin bat ihn darum, noch heute am gleichen Morgen, um acht Uhr in die Pathologie des Rosella J. Boyle Medical Center zu kommen. So konnte man sichergehen und die tote Frau identifizieren, um Missverständnisse auszuschließen.

Wie sollte er das übers Herz bringen, sie tot zu sehen? Nackt und kalt, ohne Leben in sich. John konnte nicht mehr, das war alles zu viel für ihn. Er lief nach draußen, er brauchte frische Luft und rannte los, durch die Straßen von West Hollywood.

Vier Tage später, nach Claires Beerdigung, setzte sich John in ein Café, um in aller Ruhe den Brief zu lesen, den Claire ihm geschrieben hatte. Während er den Brief öffnete, dachte er an die Beisetzung. Ihre gemeinsamen Freunde waren alle da gewesen und seine Eltern, die Claire sehr gemocht haben. Sein Vater hatte die Trauerrede gehalten, und John kamen erneut die Tränen, als er an die schönen Worte dachte. Johns Vater hatte die Worte so gewählt, als wäre Claire seine eigene Tochter gewesen.

Zorn gegen Claires Vater kam wieder in ihm auf, und es dauerte einige Minuten, bis er sich etwas beruhigt hatte. John hatte vorher nicht die Kraft gehabt den Brief zu lesen. Er erkannte sofort Claires wunderschöne Handschrift.

Mein lieber John,

jetzt ist dieser Tag also doch eingetroffen. Immer wieder habe ich gehofft, dass ich noch verschont werde und du diesen Brief nicht lesen musst. Es stimmt also, wenn man den Pakt mit dem Teufel eingeht, gibt es kein Entrinnen mehr. Aber warum sollte der Teufel auch Erbarmen haben? Es tut mir so unendlich leid, dass ich dir all das antun musste. Du fragst dich bestimmt, warum ich mich auf diese Sache eingelassen habe. Ich konnte nicht anders, ich war mit meinen neunzehn Jahren am Ende. Du glaubst gar nicht, wie widerlich es war, mich immer wieder zu prostituieren. Diese ekligen Kerle, die deine Schwäche ausnutzen, um sich für wenig Geld Spaß zu gönnen. Du als

Person bist ihnen total egal. Meine Kindheit war schon das Grauen, aber in der Zeit in der ich ganz alleine war, das war die Hölle. Was mich jetzt erwartet, nach meinem Tod, kann nicht schlimmer sein, hoffe ich. Jeder Mensch, der in meiner Lage gewesen wäre, hätte sich auf diesen Pakt eingelassen, ich denke auch du John. Als ich in den letzten Tagen nachgedacht habe, musste ich feststellen, dass ich diesem Mann eigentlich sehr viel zu verdanken habe. Wäre er nicht gewesen, hätte ich dich, mein lieber John, nie kennengelernt. Mit dir hatte ich die schönste Zeit, die man sich nur vorstellen kann. Wir hatten zehn Jahre so viel Glück und eine so schöne Zeit miteinander, vergiss diese Zeit bitte nie. Bitte John, lebe dein Leben weiter und ich hoffe du wirst wieder glücklich werden. Es wird etwas Zeit vergehen, aber es kommt bestimmt eine Frau, mit der du auch eine Familie planen kannst. Jetzt kennst du ja den Grund, warum ich kein Baby haben wollte. Bestimmt nicht, weil ich Kinder nicht gern habe. Im Gegenteil, ich liebe Kinder. Du hattest dir so sehnlichst eine kleine Tochter gewünscht, aber sollte ich so egoistisch sein und ein Kind ohne Mutter aufwachsen lassen. Es hätte mir unendlich wehgetan. Ich weiß wie wichtig eine intakte Familie ist, sie prägt ein ganzes Leben. Wie gerne hätte ich meine Liebe und Geborgenheit an unser Kind gegeben. Du wärst bestimmt ein guter Vater gewesen und hättest es auch alleine gemeistert, aber dann wäre mir alles noch schwerer gefallen. Solltest du vielleicht noch ein Töchterchen bekommen, würde ich mich sehr freuen, wenn du sie Claire nennen würdest. Ich glaube aber das hättest du bestimmt auch so gemacht, habe ich recht? Du lächelst jetzt bestimmt, John. Ach, wie gerne wäre ich jetzt bei dir und würde dich umarmen und küssen. Pass bitte gut auf dich auf, hörst du. Wunder dich nicht John, ich habe dir mein ganzes Vermögen auf dein Konto überwiesen und dir meine Wohnung überschrieben. Du weißt ja, das letzte Hemd hat keine Taschen. Tja, jetzt heißt es wohl endgültig Abschied nehmen, mein Schatz. Behalte mich bitte in deinem Herzen, aber ich glaube da muss ich mir keine Sorgen machen.

Verzeih mir bitte und ich hoffe du hast etwas Verständnis, für das, was ich getan habe. Ich liebe Dich von ganzem Herzen John.

Deine Claire

Mit Tränen in den Augen ließ er den Brief aus der Hand fallen und flüsterte: »Ich dich auch meine Claire.«

John saß an diesem Tag noch lange in dem Café. Früher waren sie immer gemeinsam hier, hatten Cappuccino getrunken und hatten sich stundenlang über Gott und die Welt unterhalten.

Die ganzen Jahre mit Claire gingen an ihm vorüber. Wenn er darüber nachdachte, musste er feststellen, dass sie nur gute Zeiten erlebt hatten. Es war kein einziger Tag dabei gewesen, an dem sich die beiden nicht verstanden hatten. Auch dachte er sich, ohne diesen geheimnisvollen Mann hätten sie sich wahrscheinlich nie kennengelernt.

Nach langem Überlegen wie er an Claires Stelle regiert hätte, hat er sich zugestanden, er hätte sich in dieser Situation auch so entschieden. Er wurde ja, wie man es so schön sagt "mit dem goldenen Löffel im Mund geboren". Er hatte eine sehr schöne und behütete Kindheit, seine Eltern gaben ihm all das, was sich ein Kind nur wünschen konnte. Ihm hatte es nie an etwas gemangelt. Nicht an Liebe und auch nicht am Finanziellen. Beide Elternteile waren erfolgreiche Anwälte und trotzdem verbrachten sie viel Zeit mit ihm. John hatte schon als Kind die halbe Welt bereist und hatte die beste schulische Ausbildung bekommen die man nur haben konnte.

Man könnte meinen, Claire hätte damals in jener Nacht seine Familie gesehen, nur waren sie nie in Detroit gewesen. Was ihn aber am meisten beschäftigte an diesem Tag war, dass es den Teufel wirklich gab, und das machte ihm schreckliche Angst. Es gibt also eine Hölle. An Gott hatte er immer geglaubt, aber an den Teufel nicht. Obwohl, wenn man an Gott glaubte, dann musste man doch eigentlich auch an den Teufel glauben.

Es war beängstigend zu wissen, dass bestimmt auch hier in L.A. verzweifelte Menschen, die nichts dafür konnten, ihre Seele an die Hölle verkauften.

Was würde Claire jetzt nach ihrem Tod durchmachen? Musste sie jetzt für immer dafür leiden, dass sie nur zwanzig Jahre in ihrem Leben glücklich war? Was sind schon zwanzig Jahre, dachte er und schüttelte den Kopf.

April 2014

Ein lautes Geräusch aus dem Fernseher ließ Nolan aus seinem Sessel aufschrecken. Er brauchte kurz um sich zu orientieren. Er war im Sitzen in seinem Sessel eingeschlafen, dabei hatte er seltsam geträumt. Sein Kopf schmerzte, es schien ihm, als würde er gleich platzen. Im Wohnzimmer brannte eine einzige Kerze, die nur ein mageres Licht in den Raum warf. Auch sein Kater, der neben ihm auf dem Boden geschlafen hatte, war aufgeschreckt und schaute fragend zu ihm hoch.

»Es ist alles ok, Max. Das war bloß der Fernseher«, sagte er und streichelte ihm beruhigend über sein weiches Fell.

Mit Menschen unterhielt er sich ungern, nur wenn es unbedingt sein musste, aber mit seinem Max redete er gerne, auch wenn der ihm nicht antworten konnte, aber der Kater hörte ihm zu und es war als würde er ihn verstehen. Liebevoll betrachtete er seinen kleinen Freund, der ihm im März vor drei Jahren zugelaufen war. An jenem Abend, als Nolan nach Hause gekommen war, lag er einfach vor seiner Haustüre. Er musste Schreckliches durchgemacht haben. Der Kater war total abgemagert und zitterte jämmerlich. Sein getigertes Fell hatte eine wunderschöne Musterung, war aber an manchen Stellen kahl und total verfilzt. »Was hat man denn mit dir gemacht, du armer kleiner Kerl? Du hast bestimmt Hunger«, hatte er damals zu ihm gesagt und der Kater hatte ihn mit großen Augen angesehen. Nolan nahm ihn bei sich auf und schon nach ein paar Tagen ging es Max richtig gut. Er entwickelte sich prächtig. Nolan spürte, wie der Kater es ihm dankte, denn seit er ihm zugelaufen war, wich er nicht mehr von seiner Seite, und seitdem waren sie Freunde.

Nolan war ein absoluter Einzelgänger, er brauchte keine Menschen um sich. Auch damals, als es ihm schlecht ging, wollte er niemanden um sich haben. Erneut rissen ihn die lauten Geräusche des Fernsehers aus seinen Gedanken.

Ein Western lief gerade und die Pistolenschüsse verschlimmerten die Schmerzen in seinem Kopf. Er erhob sich aus seinem Sessel, machte zuerst den Fernseher aus, danach ging er in die Küche und holte sich seine Zigaretten. Max folgte ihm gleich, er wollte etwas zu essen haben.

»Ja komm her mein Kleiner, du bekommst was Feines.«

Nolan füllte ihm seinen Napf reichlich, denn seine Kopfschmerzen sagten ihm, dass er heute Nacht noch weg musste. Es war wieder höchste Zeit sich auf den Weg zu machen. Er lief zum Wohnzimmerfenster, zog den Vorhang zurück und kippte das Fenster, um frische Luft reinzulassen. Draußen war es ungemütlich, es regnete und stürmte in dieser Nacht. Große Lust nach draußen zu gehen verspürte er heute nicht gerade, aber es musste sein.

Nolan setzte sich wieder in seinen Sessel und zündete sich eine Zigarette an. Max kam ihm sofort nach und legte sich auf seinen Platz, neben dem Sessel. Nolan schaute auf die Wanduhr, er konnte im Dunkeln die Zeit kaum erkennen. Es war halb zwölf. Er hatte also noch etwas Zeit. Nolan dachte über seinen Traum nach, er konnte sich nur an Bruchstücke erinnern: an einen Priester, ein Krankenhaus und einen Beichtstuhl. So sehr er sich auch bemühte, es fiel ihm kein weiteres Detail mehr ein. Was wollte ihm sein Auftraggeber nur damit sagen, fragte sich Nolan.

Er lehnte sich zurück und ihm kamen wieder die Erinnerungen hoch an damals, als er ihm das erste Mal begegnet war und an seine Krankheit. Nolan war jetzt 53 Jahre alt, mit 31 Jahren erkrankte er an einem Gehirntumor. Es hatte alles mit Kopfschmerzen begonnen, meistens kamen sie am Morgen. Er hatte sich keine großen Sorgen gemacht und es als Migräne abgetan. Im Drugstore hatte er sich eine Großpackung Schmerztabletten besorgt. Die Schmerzen wurden aber trotz Tabletten immer heftiger und hielten immer länger an. Als es sich nicht besserte, ihm auch immer öfter schwindelig wurde und er sich auch so nicht wohlgefühlt hatte, war er zum Arzt gegangen. Nolan hasste Ärzte wie die Pest, aber die Umstände zwangen ihn dazu.

Dr. Mitchel, der ihn damals behandelt hatte, schickte ihn zu einem MRT ins Krankenhaus, in dem dann, nach einigen Untersuchungen, festgestellt wurde, dass er einen bösartigen Tumor im Kopf hatte. Er wäre zu spät gekommen, hat ihm der Arzt aus dem Krankenhaus damals verkündet. »Wären sie doch früher hergekommen, Mr. Braddly, dann hätten wir was tun können, jetzt ist der Tumor leider zu groß.«, äffte Nolan ihn laut nach. Er hatte ihm erklärt, dass eine Operation unter diesen Umständen nicht in Frage käme und eine Chemotherapie bei dieser Größe des Tumors erst nach einer Operation möglich wäre.

Nolan war damals wie erstarrt gewesen. Die einzige Frage, die er gestellt hatte, war, wie lange er denn noch zu leben hatte. Als Antwort wurde ihm mitgeteilt, vielleicht noch ein halbes Jahr. So ging er damals voller Selbstmitleid wieder nach Hause, völlig geknickt und dem Heulen nahe. Das war es also, hatte er sich gedacht.

Als er an der Kirche in der Nähe seines Hauses vorbei gekommen war, war er stehen geblieben und hatte hochgesehen. Voller Zorn hatte er Gott angeschrien. »Du bist wieder nicht da! Willst du mich jetzt so bestrafen? Erst nimmst du mir meine Eltern und jetzt willst du auch noch mich.«

Nolan wusste noch bis heute, was für ein Gefühl von Wut er damals in sich hatte, es war eine Machtlosigkeit, gegen die er nichts machen konnte. Nichts! Als er an diesem Tag nach Hause kam, war es das erste Mal in seinem Leben, dass er Einsamkeit verspürte. Er hatte die Haustüre aufgeschlossen und eine beängstigende Stille hatte sich im Haus breitgemacht. Er dachte an seine Kindheit zurück, wie gerne hätte er seine Mutter damals da gehabt. Ihre Fürsorge wäre tröstend für ihn gewesen.

Es vergingen vielleicht vier Monate wobei die Symptome mit der Zeit immer schlimmer wurden. Es kam starker Schwindel, Übelkeit und Erbrechen dazu. Tagelang konnte er nicht aufstehen und als dann noch sein Augenlicht schlechter wurde, ließ er sich ins Krankenhaus einweisen.

Nolan wollte nicht im Krankenhaus sterben, aber was sollte er tun, helfen konnte ihm daheim niemand, er war alleine. Er hatte nie eine Partnerin gehabt, und seine Eltern waren vor ein paar Jahren in Europa bei einem Autounfall gestorben. Sein Vater wollte damals unbedingt nach Irland um dort Urlaub zu machen, da seine Eltern, also Nolans Großeltern in den Dreißigerjahren als irische Einwanderer nach Detroit gekommen waren. Sein Vater hatte ihm berichtet, wie schwer diese Zeit, für seine Großeltern gewesen war.

Auch Nolans Vater hatte es nicht leicht in seinem Leben gehabt. Als er damals seine zukünftige Frau Jessica, Nolans Mutter, kennenlernte war es eine schwierige Zeit. Beide mussten hart und viel arbeiten, darum kam Nolan auch erst neun Jahre nach ihrer Hochzeit zur Welt. Es war ein Leben, in dem man viele finanzielle Abstriche machen musste.

Seine Mutter hatte beschlossen, dass Nolan das einzige Kind bleibt, es war schon mit einem Kind ziemlich schwer.

So wuchs Nolan ohne Geschwister auf. Oft haben ihm Geschwister gefehlt, mit denen er sich hätte austauschen können. Seine Schulkameraden mochte er nicht und sie mochten ihn nicht. Den Grund dafür konnte er nicht finden, es war einfach so. Fast jeden Morgen war er mit Bauchschmerzen aufgewacht, und einige Male hatte er sich übergeben, weil ihn Übelkeit plagte.

Wieder kehrten seine Gedanken an diese schlimme Zeit zurück. Vor allem an einen konnte er sich leider zu gut erinnern. Frank Miller. Er hatte ihn so oft vor den anderen gedemütigt und alle hatten darüber gelacht. Deshalb wäre es schön gewesen, wenn er doch wenigsten Geschwister gehabt hätte. Seine Eltern waren immer arbeiten und so verbrachte Nolan sehr viel Zeit alleine. Seinen Eltern hatte er sich zu diesem Zeitpunkt nicht anvertraut. Sein Vater hätte vielleicht über ihn gelacht und gesagt, er solle kein Weichei sein. Heute dachte er nicht mehr so darüber, er hätte es tun sollen, denn vielleicht hätte er eine andere Schule besuchen dürfen. So stand Nolan immer alleine mit seinen Problemen da. Genauso wie im Krankenhaus. Es machte ihn traurig, dass seine Eltern für diesen Urlaub so lange sparen mussten, um dort dann ums Leben zu kommen. Nolans Vater wollte doch nur das Land kennenlernen, aus dem seine Vorfahren kamen.

Was war falsch daran, musste Gott sie dafür so bestrafen? Wie ungerecht doch alles war. So lag er damals auch ungerechterweise im Krankenhaus. Warum er, hatte er sich immer wieder gefragt.

Nachdem er drei volle Wochen im Krankenhaus verbracht hatte, verkündigte ihm ein Arzt, dass es nicht mehr lange dauert, bis er sterben würde, ein paar Tage vielleicht. Er bekam sehr starke Medikamente für seine heftigen Schmerzen, darunter auch Morphium und war fast die ganze Zeit über in einem Dämmerzustand. Wage hatte er die Krankenschwestern wahrgenommen, die ihm das Essen brachten und ihn wuschen. Geschämt hatte er sich in diesem Zustand, das wusste er aber noch gut. Wie erniedrigend es war, warum lasst ihr mich nicht gleich sterben, hat er ihnen immer wieder gesagt. Die Schwestern hatten versucht ihn aufzumuntern, aber er wollte nicht mehr. Ein paar Tage später in der Nacht waren die Schmerzen, trotz starker Dosis Morphium, dann so schlimm, dass Nolan wusste, dass er diese Nacht nicht mehr überleben würde. Er hatte den Tod deutlich gespürt, er lauerte in seinem Zimmer und wartete auf ihn. Komischerweise war er erleichtert darüber gewesen, als er begriffen hatte, dass alles bald vorüber sein würde. Bald würde er keine Schmerzen mehr verspüren, er wäre frei. Was wohl danach käme, hatte er sich gefragt.

Das Zimmer lag im Dunkeln und es war sehr ruhig. Das erste was ihm in dieser Nacht aufgefallen war, war der Geruch, der plötzlich im Krankenzimmer lag. Es roch nach Elektrizität, so als würde ein Kabel oder ein Elektrogerät durchschmoren. Dann vernahm er ein Geräusch, es hörte sich an als flüsterte jemand seinen Namen. Er hat die Augen geöffnet und in diesem Moment legte sich eine Hand auf die seine. Als er die Hand gespürt hatte, war er plötzlich hellwach gewesen. Etwas strömte durch seinen Körper, so etwas wie Energie. Er hatte es förmlich gespürt, wie etwas Warmes durch seine Adern floss. Sein Kopf und seine Gedanken waren auf einmal so klar, klarer als je zuvor. Was war passiert, hatte er sich gefragt, bis er jemanden neben

seinem Krankenbett bemerkt hatte. Trotz genauem Hinsehen war die Gestalt nicht deutlich zu erkennen gewesen. Es war, als wäre sie verschwommen, nur Umrisse waren zu erkennen. Alles war seltsam, hatte er sich noch gedacht, als die Gestalt mit tiefer und rauer, aber doch irgendwie sanft klingender Stimme angefangen hatte mit ihm zu reden. Sehr genau erinnerte er sich an diese Worte.
»Bleib ruhig und hör mir gut zu, Nolan Braddly! Du fragst dich jetzt bestimmt, wer ich bin, oder?«
Nolan hatte nur kurz mit dem Kopf genickt.
»Ich stelle mich als Teufel vor, denn diesen Namen habe ich von euch Menschen bekommen. Luzifer, Satan nennt ihr mich auch noch. Aber nennt mich wie ihr wollt.« Er hatte kurz gelacht und wurde aber gleich wieder ernst. »Dabei habe ich gar keinen Namen, ich bin einfach ein Wesen, das Menschenseelen zum Überleben braucht. Nur durch eure Seelen kann ich existieren und mein Reich, das ihr die Hölle nennt, halten. Eure Seelen geben mir die Energie und die Macht die ich brauche, und je mehr ich davon bekomme, umso größer ist diese. Wenn du auf mein Angebot eingehen solltest, das ich dir gleich vorschlagen werde, dann wirst du diese Macht zu spüren bekommen, Nolan.«
Kurze Zeit war Stille im Raum gewesen, und Nolan hatte geglaubt, er wäre in einem Traum.
Als hätte der Teufel seine Gedanken gelesen sagte er: »Du träumst jetzt auch bestimmt nicht, glaube mir ich bin real. Du bist wach, so wach warst du noch nie in deinem Leben. Du hast es ja schon bemerkt, Gott hat dich im Stich gelassen, er will dich sterben lassen. Aber ich bin hier, um dich leben zu lassen und dich zu einem meiner, ich nenne es mal, Apostel zu machen, denn meiner Meinung nach ist deine Zeit noch nicht gekommen. Wenn du mir die

Zustimmung gibst, dass ich dich zu meinem Apostel mache, der für mich arbeitet, mir neue Seelen verschafft, dann wirst du wieder gesund werden sobald du einwilligst. Durch meine Macht, wirst du ein gutes langes Leben haben, und es wird dir in dieser Zeit an nichts mangeln. Aber höre mir jetzt ganz genau zu, wir haben nicht mehr viel Zeit. Gott will dich haben, deine Uhr tickt schon die letzten Minuten ab. Ich bin der Meinung, dass du zu jung bist um jetzt schon zu sterben. Du kannst hier noch einiges bewirken. Weißt du Nolan, es ist nicht so, wie die Menschen alle vermuten, oder glauben zu wissen, dass die guten Seelen in das Paradies kommen und die bösen Seelen in die Hölle zu mir. Schön wäre es, aber nein, ich muss dafür schwer arbeiten.« Er hatte dabei höhnisch gelacht und sprach weiter. »Ich muss mir meine Seelen kaufen, denn sonst kommen alle Seelen ins Paradies.«

Seine Tonlage hatte sich verändert, er war zorniger geworden. »Doch die meisten Menschen, diese jämmerlichen Kreaturen, haben ihn gar nicht verdient, den Garten Eden. Eigentlich könnten die Menschen ja schon das Paradies hier auf der Erde haben, aber nein was tun sie, sie machen sich die Erde schon zu ihren Lebzeiten zur Hölle. Wenn sie es so haben wollen, dann sollen sie die Hölle für immer bekommen. Bei mir!«

Einen Moment war es ganz ruhig im Krankenzimmer, dann war seine Stimme wieder sanfter geworden. »Die Menschen sind böse Nolan, und sie gehören zu mir, ich will sie haben! Deshalb schicke ich meine Apostel los, um sie zu verführen, sie zu kaufen und ihre Seelen zu mir zu bringen. Du wirst ein leichtes Spiel haben, denn die meisten Menschen sind käuflich. Solltest du dich auf mich einlassen, wirst du im Gegenzug mit einem langen gesunden Leben belohnt, denn solange du mir Seelen bringst, bleibst du gesund. Sollten deine Kopfschmerzen wiederkehren, brauchst du nur wieder auf die Suche nach Seelen gehen, dann sind deine Schmerzen wieder weg. Solltest du aber aufhören wollen, dann sei dir gewiss, wirst du sterben, so wie du jetzt sterben wirst, wenn du nicht auf mein großzügiges Angebot eingehst. Übrigens kannst du dich sehr geehrt fühlen, denn ich nehme nicht jeden als meinen Apostel auf, es sind nur besondere Menschen. Du hast nichts zu verlieren Nolan, außer deine Seele.« Wieder hatte er gelacht. »Denn wenn du aufhörst, gehört auch deine Seele mir, deshalb überlege es dir gut, Nolan Braddly. Du kannst dir die Seelen wahllos aussuchen, lass dir was einfallen, ich überlasse es dir. Spiel mit ihnen. Es ist mir auch egal, ob ich sie gleich bekomme oder in ein paar Jahren, Hauptsache ich bekomme sie. Mein Reich muss immer gut gefüllt sein. Dir wird es an nichts mangeln in dieser Zeit, wenn du Geld brauchst, denke nur daran und du hast es. Nur manchmal Nolan, wirst du Träume haben, dann fordere ich dich auf, dich daran zu halten und genauso zu agieren, wie ich es von dir fordere. Diese bestimmten Seelen, von mir persönlich ausgesucht, die will ich baldmöglichst bei mir haben. Sobald du den Pakt mit ihnen schließt, gehören sie für immer und ewig mir. Du wirst es also über deine Träume erfahren, wenn ich dir was zu sagen habe. Ich weiß viel Böses über die Menschen, Nolan Braddly, und sie haben es nicht anders verdient, sie haben dein Mitleid nicht verdient, glaube mir. Du fragst dich bestimmt, warum ich ausgerechnet dich zu einem Apostel von mir mache, oder Nolan?«

Er hatte damals nur genickt, das wusste er noch so genau. Nolan hatte kein Wort geredet, nur zugehört. Es war alles so faszinierend und beängstigend zugleich.

»Dich habe ich ausgesucht, weil ich denke, dass du die Menschen gut beurteilen kannst, nicht umsonst hast du dein Leben allein gelebt, du kennst die Kaltherzigkeit und die Arroganz der Menschen auf dieser Welt. Sie sind rücksichtslos allem gegenüber, unzufrieden und habgierig. Mir wird nachgesagt, dass ich das Böse bin, dabei sind sie es selbst. Sie töten und morden Ihresgleichen ohne einen Grund und töten Tiere, ohne die sie gar nicht existieren könnten. Die Gebote, die ihnen Gott auferlegt hat, interessieren nicht, aber dafür bin ich da. Du bist ein akkurater und zielstrebiger Mann und du kannst stolz sein, dass ich dich ausgesucht habe. Wie schon gesagt ich nehme nicht jeden, das kannst du mir glauben.«

Nach einer kurzen Pause fragte er ihn dann. »Also Nolan Braddly, wie entscheidest du dich nun? Ich brauche jetzt deine Entscheidung. Jetzt sterben oder willst du auf dieser Welt noch was Gutes tun?« Laut hatte er wieder gelacht. Nolan hatte sich noch gedacht, dass nicht eine der Schwestern in das Zimmer kam.

Plötzlich hatte ihm die Gestalt die Hand entgegengestreckt, auch diese war nicht deutlich zu sehen gewesen, nur die Umrisse, aber er hatte sie gespürt, als Nolan ihm seine Hand reichte. Da war sie wieder gewesen, diese Kraft und diese ungeheure Energie, die durch seinen Körper geflossen war. Sein Kopf war plötzlich heiß und dann fühlte er nur noch wohlige Wärme.

Sie hatten den Pakt geschlossen.

Nolan erinnerte sich, als wäre es gestern gewesen, dass plötzlich alles wieder totenstill war und er alleine in seinem Zimmer war. So unvermittelt wie die Gestalt aufgetaucht war, so war sie auch wieder verschwunden. Immer wieder hatte er sich gefragt, ob alles nur ein Traum war, aber der seltsame Geruch lag immer noch im Zimmer.

So war er einfach da gelegen. Erst etwa nach einer Stunde, hatte er bemerkt, dass er gar keine Schmerzen mehr hatte. Wie weggeblasen waren sie, er war aus dem Bett gesprungen und war wie ein kleines Kind durchs Zimmer gehüpft, aber nein sie waren einfach nicht mehr da. Er war gesund und fühlte sich um viele Jahre jünger.

Es war unglaublich, er kam sich in diesem Moment wie ein ausgelassener Teenager vor. Ab diesem Zeitpunkt wusste Nolan, dass es kein Traum gewesen war. Alles war real. Hastig war er zu seinem Schrank gelaufen und hatte alles in seine Tasche gepackt. Er wollte nur noch raus aus diesem verfluchten Krankenhaus. Sollen doch andere hier sterben, aber nicht er. Er war jetzt ein Apostel des Teufels, hatte er sich stolz gedacht, und er würde sich große Mühe geben, seinen Auftraggeber nicht zu enttäuschen.

Er erinnerte sich so gut an die frische, klare und saubere Luft, die er vor dem Krankenhaus eingeatmet hatte. Sie roch nicht nach Krankheit und Verderben, nein, sie roch nach Leben. Er hatte sie eingeatmet, als wäre er am Ersticken gewesen. Seitdem liebte er die saubere kalte Jahreszeit und hasste den Sommer. Wenn es heiß war, empfand Nolan die Stadt als stickig, die Menschen stanken und alles war dreckig. Manchmal hatte er das Gefühl, er müsste ersticken in dieser Stadt.

Das war der Anfang von damals, dachte sich Nolan jetzt in seinem Sessel. So wurde er zum Seelenfänger des Teufels. Sein Auftraggeber hatte recht gehabt, mit seiner Einschätzung über ihn. Nolan war ein akkurater Mann, seine Wohnung war immer ordentlich und sauber. Sie war nur mit den wichtigsten Sachen ausgestattet. Überfüllte Wohnungen hasste er, so wusste er immer, wo alles stand und er brauchte nichts suchen. Staubige Räume mochte er nicht, deshalb achtete er immer ganz genau auf Sauberkeit. Seine Kleidung war immer frisch gewaschen und sein Kleiderschrank stets ordentlich aufgeräumt. Er hatte seinen Auftraggeber bis heute nicht mehr persönlich getroffen. Nur in den Träumen, so wie er es ihm damals prophezeit hatte, sah er ihn, den Teufel. Dort erblickte Nolan ihn auch in seiner wahren Gestalt, und deshalb war er auch sehr bemüht, immer wieder neue Seelen zu bekommen, um noch nicht zu sterben. Nolan fragte sich, warum sich der Teufel den Menschen zeigte, wo war aber Gott? Hat Gott schon jemand gesehen und warum hielt er die Apostel von ihrem Vorhaben nicht ab? War es ihm egal? Vielleicht hatten die beiden ja auch ein Abkommen miteinander. Gänsehaut überkam ihn plötzlich und er fröstelte. Um auf andere Gedanken zu kommen, dachte Nolan weiter über den Traum nach, den er vorhin in seinem Sessel hatte. Er war sehr undeutlich gewesen. Wahrscheinlich würde er ihn, wenn er heute einschlafen würde, weiterträumen.

Er rauchte noch eine Zigarette, dann ging er ins Schlafzimmer, um sich umzukleiden.

Wenn er auf die Jagd ging, so nannte er sein Vorhaben immer, wählte er schwarze Kleidung. So fiel er nachts weniger auf, denn auffallen war das Letzte, was er wollte. Allerdings machte er sich nicht allzu große Sorgen, denn er hatte immer den Schutz des Teufels im Rücken. Das war die Macht, von der dieser in jener Nacht gesprochen hatte. Sollte mal was schief gehen, würde er ihn immer schützen.

Er zog sich seinen schwarzen Mantel über und griff nach einem seiner schwarzen Hüte. Er musste los.

In derselben Nacht

Der übergewichtige Mann hatte nicht bemerkt, dass er von einem schwarz gekleideten Fremden beobachtet wurde, als er aus dem Bordell kam. Voller Stolz war er aus dem Gebäude gekommen, denn die Tage waren selten, an denen er es sich leisten konnte in ein Bordell zu gehen um sich seine Befriedigung zu holen. Vor allem bei seinen Vorlieben, denn da musste er schon etwas mehr Geld bezahlen. Sadistisch hatte er sich an einer der Huren ausgelassen.

»Dem Dreckstück habe ich es aber mal richtig gezeigt. Die dumme geile Schlampe wird lange an mich denken. An Dick, den Megaficker«, sagte er stolz und laut zu sich selbst, als er auf dem Weg zum Parkplatz war.

Der Regen störte ihn wenig, so sehr war er in seinen Gedanken. Nolan kam ihm wie durch Zufall gerade entgegen und fragte unscheinbar: »Hey Kumpel, wem hast du es denn gezeigt?«

Der Übergewichtige wollte gerade loslegen zu erzählen, als Nolan zu ihm sagte: »Warte, ich würde mich in dieser ungemütlichen Nacht über etwas Gesellschaft freuen. Lass uns doch kurz in eine Kneipe gehen, dann trinken wir noch einen und du kannst mir erzählen, wem du es gezeigt hast. Was hältst du davon, ich bezahle natürlich.«

Der Übergewichtige überlegte kurz. »Ja ok, warum nicht, ich könnte jetzt einen Whiskey gut vertragen.«

Sie gingen in eine Kneipe, die sich gleich um die Ecke befand. Hätte Nolan keinen Zweck zu erfüllen, hätte er so eine Spelunke bestimmt nicht betreten, es ekelte ihn an, auch nur einen Fuß in so einen Laden zu setzen.

Die schlechte Luft, machte ihm gleich zu schaffen, es fiel ihm schwer zu atmen und er fühlte sich eingeengt. Es waren kaum Gäste da, das war gut, sonst wäre es noch schlimmer für ihn gewesen. Er blickte sich um. An der Bar saßen nur ein paar betrunkene Männer, die eine heftige Diskussion hatten. Es sah danach aus, als würden sie sich bald prügeln, und der Barmann versuchte zu schlichten. An einem der Tische saßen zwei Frauen, die wohl auch etwas zu tief ins Glas geschaut hatten. Eine der beiden, würde gleich von ihrem Stuhl kippen.

Nolan schüttelte gerade angewidert den Kopf, als die Kellnerin gelangweilt an ihren Tisch kam. »Jungs, was darf ich euch bringen?« Laut auf ihrem Kaugummi kauend nahm sie ihre Bestellung entgegen.

Kaum hatten sie ihren Whisky vor sich, begann der Übergewichtige von sich zu erzählen, ohne dass Nolan ihn etwas fragen musste.

»Ich heiße übrigens Dick und bin Fernfahrer. Der Truck, der auf dem Parkplatz steht, das ist meiner.« Stolz grinste er dabei.

»Seit wann fährst du Truck?«

»Das müssten jetzt so fünfzehn Jahre sein. Früher war ich auf dem Bau, aber dann machten meine Knochen nicht mehr mit. Durch einen Freund bin ich dann auf die Idee gekommen, mich als Fahrer zu bewerben. Den Führerschein dafür hatte ich ja schon. Erst war ich im Nahverkehr und seit zehn Jahren im Fernverkehr. Da erlebst du Dinge sage ich dir, da juckt es in der Hose.«

Nolan ahnte, worauf er hinaus wollte.

»Bist du nicht verheiratet, Dick?«

»Nein, die dummen Weiber wollen doch alle nur dein Geld. Ich hatte mal eine Freundin, aber dann habe ich rausgefunden, dass sie mit anderen Typen gefickt hat, als ich auf Tour war. Sind einfach alles Scheißweiber!«, sagte er zornig.

Kein Wunder dachte sich Nolan. Dick war sehr ungepflegt, er roch als hätte er in einem Aschenbecher gebadet. Seine Fingernägel strotzen vor Dreck, seine Haare waren lang und fettig. Nolan schüttelte es, als er an die armen Huren dachte, die sich ihre Kunden leider nicht immer aussuchen konnten. »Erzähl mal Dick, wem hast du es denn vorhin gezeigt?« Nolan versuchte freundlich zu klingen.

»Na der Dreckshure in dem Bordell, bei der ich vorhin war. Angel nannte sie sich, aber du kannst mir glauben, wie ein Engel sieht sie jetzt nicht mehr aus. Wohl eher wie ein geschlagener Engel.« Er lachte laut. »Den Weibern musst du es hart besorgen, die wollen es doch nicht anders. Nachdem ich es ihr richtig derb mit meinem Schwanz besorgt habe, hat sie noch eine Tracht Prügel bekommen. Ich habe sie windelweich geschlagen. Es war wie Musik in meinen Ohren, als sie gewimmert und geheult hat. Die wird noch Tage an mich denken, dieses kleine Miststück. Aber das hat sie gebraucht, jede Frau braucht das doch, oder? Jede Frau muss wissen, der Mann ist der König!« Nach dem letzten Satz lachte Dick erneut laut und entblößte dabei seine schlechten Zähne.

Ein Zahnarzt war da wohl schon lange nicht mehr dran, dachte sich Nolan angewidert. Er wollte mehr wissen, tat interessiert und fragte scheinheilig, ob Dick auch schon Frauen außerhalb der Bordelle vergewaltigt hatte.

Dick hatte schon seinen dritten Whiskey und erzählte prahlend weiter: »Ja klar, öfter nehme ich Anhalterinnen mit. Deshalb macht mir ja der Job auch so viel Spaß. Hey, ich sage dir, da erlebst du geile Sachen.« Seine Augen

glänzten plötzlich und er lächelte, als würde er von einem schönen Traum erzählen. »Da war mal eine, mein Gott, die hat mich so scharf mit ihrem Aussehen gemacht, dass ich es nicht mehr ausgehalten habe. Die war bestimmt gerade mal achtzehn Jahre alt, das kleine Miststück. Als sie sich in meinen Truck gesetzt hat, ist mir fast die Hose geplatzt, so hart war mein Schwanz. Schon nach kurzer Fahrt habe ich es nicht mehr ausgehalten und habe den Truck bei der nächsten Gelegenheit angehalten. Die hat sich echt heftig gewehrt, als ich sie küssen wollte, sage ich dir, aber ich habe ihr so eine ins Gesicht geschlagen, dass sie ohnmächtig geworden ist. Als ich ihr das Shirt zerrissen habe und ihre geilen kleinen Titten gesehen habe, konnte ich nicht mehr. Dann habe sie genommen, immer und immer wieder, bis ich nicht mehr konnte, es kam kein Tropfen mehr. Ich hätte sie tagelang ficken können, wenn ich gekonnte hätte. Schade, dass sie in diesem Moment nichts gespürt hat, es hätte dem Dreckstück bestimmt gefallen. Aber so wund wie die war, hat sie bestimmt später ihre Freude daran gehabt. Danach habe ich sie aus dem Truck geschmissen. Die Kleine hat mich bestimmt nicht vergessen.«
Zufrieden lächelte Dick und griff nach seinem fast leeren Glas.
»Bereitet es dir Freude, so mit Frauen umzugehen?«, fragte Nolan mit ruhiger Stimme, obwohl es in ihm brodelte und er Dick am liebsten ins Gesicht geschlagen hätte.
»Ja, warum nicht? So bekommst du auch mal Sex, ohne dafür zu bezahlen, sonst wollen doch die Weiber alle Geld. Diese Schlampen wollen es doch so, oder warum fährt so ein junges Ding sonst mit fremden Männern mit. Sie wollen doch gefickt werden.«

Nolan hatte genug gehört, der Typ widerte ihn so dermaßen an, dass er sein Vorhaben schnell erledigen musste. Er hatte wieder einmal die richtige Wahl getroffen.

»Dick, ich habe dir einen Vorschlag zu machen, hör mir gut zu.« Nolan schaute ihn fordernd und mit eisigem Blick an.

Dick wurde ganz still und hörte auf, sich im Schritt zu kratzen. »Was denn?«

Nolan fuhr fort: »Dick, du kannst mir alles glauben, was ich dir gleich sagen werde. Es hört sich für dich bestimmt seltsam an, aber es ist die Wahrheit. Was du wahrscheinlich noch nicht weißt, ist, dass du Lungenkrebs hast. Der Krebs ist schon sehr weit fortgeschritten. Ich habe die Gabe so etwas den Menschen anzusehen und zu spüren. Ich rieche es förmlich. Du kannst morgen ins Krankenhaus gehen, dann wirst du zu hören bekommen, dass du etwa in einem halben Jahr jämmerlich daran sterben wirst, da dein Krebs nicht heilbar ist. Naja, so werden es dir die Ärzte nicht rüber bringen. Aber ich kann es dir so sagen, denn es wird so sein, glaube mir. Du wirst jämmerlich und ganz alleine im Krankenhaus krepieren.«

Dick unterbrach ihn: »Was für einen Quatsch erzählst du denn da? Wer bist du überhaupt?«

Nolan lächelte und fuhr fort: »Ich sage dir die Wahrheit, ist dir dein Husten denn noch nicht aufgefallen? Morgens wenn du aufstehst, kotzt du dir doch die Seele aus dem Leib, oder?«

Dick nickte ängstlich. »Ja, aber…«

Nolan unterbrach ihn, um fortzufahren. »Na siehst du. Bald wird es Blut sein, das du aushustest, es wird nicht mehr lange dauern und du wirst starke Schmerzen bekommen. Wer ich bin, tut hier nichts zur Sache, also höre mir jetzt bitte zu, ich habe nicht viel Zeit. Ich verspreche dir, wenn es soweit ist, dann wirst du einen ganz schnellen Tod haben. Du wirst nur einen kleinen Schmerz spüren, mehr nicht. Im Gegenzug aber, will ich nach deinem Tod deine Seele haben. Ich verspreche dir auch, dass du bis dahin keine Schmerzen verspüren wirst. Du wirst nichts spüren, als wärst du vollkommen gesund.«

Dick schwitzte und überlegte, aber bevor er was sagen konnte, setzte Nolan fort. »Was hast du denn zu verlieren, Dick? Wenn ich recht habe, hast du doch großes Glück. Du wirst keine Schmerzen haben, falls du denkst ich bin doch nur ein Spinner, dann ist ja alles in Ordnung und du kannst dein Leben weiter so leben, oder? Nichts würde sich für dich ändern. Aber wenn ich richtig liegen sollte, dann erspare ich dir großes Leid. Wenn ich an deiner Stelle wäre, würde ich auf dieses Angebot eingehen. Also Dick, ich möchte jetzt eine Entscheidung von dir! Was sagst du zu meinem Vorschlag? Deal?«

Dick schwitzte immer mehr, und Nolan konnte seine schlechten Ausdünstungen riechen, obwohl er nicht direkt neben ihm saß. Nolan sah ihm an, wie angestrengt er überlegte, aber wahrscheinlich ließ ihn der Alkohol keine klaren Gedanken fassen. Das war gut, je betrunkener Dick war, umso leichter war es ihn zu überzeugen. Nolan wollte diesen Zustand noch unterstützen und rief die Kellnerin herbei.

»Bring bitte unserem Freund Dick noch einen Whiskey!«

Als der Whisky vor ihm stand, nahm Dick das Glas und leerte es in einem Zug.

Dann war es soweit, nach etwa zehn Minuten sagte er zu, und Nolan streckte ihm die Hand entgegen. Dick nahm sie an. Der Pakt war besiegelt, er hatte wieder gewonnen.

In Sekundenschnelle waren viele Bilder aus Dicks Leben an Nolan vorbeigezogen. Perverse und widerliche Bilder.

Dick war ein schlechterer Mensch, als Nolan bisher angenommen hatte.

Die schlechte Gesellschaft und seine Eltern hatten ihn dazu gemacht was er war, aber es gab keine Entschuldigung dafür. Jeder Mensch muss Verantwortung in seinem Leben tragen, egal wie ihm das Schicksal mitspielt. Es würde kein Mitleid geben.

»Wir sollten dann langsam gehen, Dick. Ich glaube du hast genug für heute«, sagte Nolan. *Nicht, dass du mir hier nicht mehr aufstehen kannst.*

Nach etwa fünf Minuten verließen sie die Kneipe. Dick schwanke stark, als er aus der Kneipe kam. Nolan genoss die frische Luft. Er bot Dick an, ihn an seinen Truck zu bringen, den Dick auf dem Parkplatz in der Nähe abgestellt hatte. Dick war froh über Gesellschaft, er wollte jetzt nicht alleine sein, er war verunsichert und total betrunken. Der Alkohol und das, was er gehört hatte, verwirrten ihn.

Es regnete jetzt sehr stark, beide waren innerhalb von Sekunden nass bis auf die Haut.

»Ich werde mich jetzt erst mal hinlegen«, lallte Dick. »Ja, es ist besser so, denn in diesem Zustand kannst du nicht mehr fahren«, antwortete Nolan mit einem Grinsen im Gesicht. »Es wäre dein Tod«, bemerkte er noch.

Dick bemerkte das eisige Grinsen nicht und auch nicht, wie sich der Schwarzgekleidete umsah, ob sie von jemand beobachtet wurden. Kurz bevor sie an den Truck kamen, sah Dick im Augenwinkel etwas aufblitzen, aber es war zu spät, denn in diesem Moment spürte er einen kurzen, aber starken Schmerz in der Brust. Mit fragenden, aufgerissenen Augen sackte Dick in sich zusammen und blieb leblos auf dem kalten Boden liegen. Schnell lag er in seinem eigenen Blut, das sich mit dem starken Regen vermischte.

Nolan sah ohne Mitleid zu ihm hinab und grinste.

»Na siehst du, es ging doch wirklich schnell. Ich habe also nicht gelogen, du widerlicher Mistkerl.«

Er wischte das Messer, mit dem er Dick niedergestochen hatte, mit einem Stofftaschentuch ab und steckte es wieder in seine Manteltasche zurück. Das Tuch warf er achtlos auf den Boden. Nolan sah sich nochmals kurz um, danach machte er sich auf den Weg. Es wurde immer ungemütlicher und Nolan wollte nur noch nach Hause. *Genug für heute.*

Als er an Dicks Truck vorbei kam, wunderte es ihn, wie sauber und gepflegt der Truck war. Das war wohl das Einzige, das Dick in seinem Leben leiden konnte. Die Frauen waren es bestimmt nicht, die ihm letztendlich zum Verhängnis wurden.

Es war nicht seine Art die Menschen auf diese Weise zu töten, um an ihre Seelen zu kommen, aber Dick hatte es nicht anders verdient. Dick war ein kerngesunder Mann, er wäre alt geworden und bestimmt nicht an Krebs gestorben. Vielen Menschen hätte er noch Leid zugefügt, bevor er gestorben wäre. Er musste ihn austricksen und sein Bluff hatte erneut funktioniert.

Hier kam wieder einmal die Ungerechtigkeit zum Vorschein, die Nolan nicht verstehen konnte. Viele gute Menschen, sogar kleine Kinder, die es nicht verdient hatten, wurden krank und starben qualvoll. Solche Leute wie Dick, die nur Gewalt kannten, kamen davon und konnten ihr ganzes Leben auskosten. »Aber nicht bei mir!«, sagte Nolan laut und erschrak dabei selbst, so laut hatte er es gesagt. Er musste lachen. Nolan sorgte dafür, dass genau jene

Menschen doch noch ihre gerechte Strafe bekamen. Und er war stolz darauf, sehr stolz. Sein Auftraggeber war bestimmt auch sehr zufrieden mit ihm.

Es war schon fast vier Uhr morgens, und es hatte aufgehört zu regnen, als er in die Straße abbog, in der er wohnte.

Jedes Mal wenn er sein Haus sah, überkam ihn eine Freude. Hier fühlte er sich wohl. Damals, als er aus dem Krankenhaus gekommen war, hatte er das Haus seiner Eltern verkauft und sich dieses Häuschen gekauft. Es war eines der besseren Viertel in Detroit und Nolan fühlte sich hier gleich wohl. Hier konnte er sein neues Leben beginnen.

Die Nachbarn ließen ihn in Ruhe, und keiner wollte etwas von ihm. Er kümmerte sich liebevoll um seinen Vorgarten, den er selbst bepflanzt hatte und um das Haus. Es steckte viel Arbeit darin, aber es hatte ihm auch große Freude bereitet, alles so herzurichten wie es ihm gefiel. Stolz stand er vorm Haus und betrachtete es, bevor er die Haustüre aufschloss.

Max kam ihm gleich entgegen, als er das Haus betrat und streifte mit hochgestecktem Schwanz um seine Füße.

»Ja mein Kleiner, bin ja wieder da.« Ausgiebig streichelte er den Kater. »So jetzt ist aber genug, komm es ist Zeit fürs Bett.«

Nolan sank ins Bett und war sofort eingeschlafen. Als er nach vier Stunden wieder aufwachte, konnte er sich dieses Mal ganz genau an seinen Traum erinnern. Als hätte er einen Film gesehen, wusste er jetzt, was er als Nächstes zu tun hatte. Sein neuer Auftrag war dringend, sehr dringend.

Er stand auf und machte sich einen starken Kaffee. Max bekam sein Futter, das er jeden Morgen verschlang, als hätte er tagelang nichts gegessen. Nolan amüsierte sich jedes Mal darüber und lächelte dabei. »Hey nicht so gierig mein Kleiner, ich nehme dir schon nichts weg.«

Er griff nach seinen Zigaretten und setzt sich nach draußen auf die Veranda. Er blickte zum Himmel, es zeigten sich heute keine Wolken. Es würde ein klarer, aber kalter Tag werden.

4.Kapitel
Schuldgefühle

Am selben Tag

Nolan musste mehrmals gähnen, als er an diesem Morgen im Gottesdienst der St. Michael Kirche der Predigt des Priesters folgte. Er hatte in der letzten Nacht nicht viel geschlafen, und der Gottesdienst interessierte ihn recht wenig, deshalb war er bestimmt nicht da.

Dieses sinnlose Gerede langweilte ihn nur. Er war nur hier um seinen Auftrag zu erledigen. Es war schon ein merkwürdiges und komisches Gefühl, als er die Kirche betreten hatte. Er fühlte sich wie ein Verräter, aber das war ihm egal, schließlich hatte Gott ihn schon immer im Stich gelassen. Wo war er, als er ihn damals so dringend brauchte. Am Tag seiner Kommunion war er das letzte Mal hier in dieser Kirche gewesen. Er hatte sich an diesem Tag geschworen, nie wieder in seinem Leben eine Kirche zu betreten. Seine Eltern waren sehr gläubige Menschen und waren fast jeden Sonntag in dieser Kirche gewesen. Seit seiner Kommunion damals hatte sich Nolan aber geweigert, mitzugehen. Seine Eltern wollten ihn nicht zwingen, aber sie hatten es nicht verstanden, denn sie hatten nie den wahren Grund erfahren, warum Nolan sich so plötzlich sträubte die Kirche zu besuchen. »Nolan es ist wichtig, in die Kirche zu gehen. Wenn Gott sieht, dass du an ihn glaubst, dann legt er seine schützende Hand über dich. Du musst ihm nur vertrauen, dann wird er immer für dich da sein, Junge.« Das waren die Worte seiner Mutter damals. Wie unrecht sie doch hatte, denn wo war ihr Gott, als sie starb?

Jetzt war Nolan doch wieder in dieser Kirche. Er saß in der letzten Reihe auf einer der Holzbänke und beobachtete die

Menschen, die dem Gottesdienst folgten. So eine verlogene Gesellschaft, dachte sich Nolan dabei. Jetzt taten sie so, als wären sie die guten Menschen, aber kaum wieder im Alltag, würde sich keiner um die Probleme des anderen kümmern. Es war egal, ob es dem Nachbarn schlecht ging. Jeder war sich doch nur selber wichtig. In Detroit war es am besten zu erkennen, denn die Kluft von arm und reich wurde immer größer. Die Obdachlosenzahl stieg von Jahr zu Jahr immer mehr. Die ganze Gesellschaft war verlogen in seinen Augen. Und sich auf Gott zu verlassen, das hilft den armen Menschen am wenigsten.

Er versuchte, wieder ein Gähnen zu unterdrücken, als ihm Gedanken an Frank Miller kamen. Plötzlich war er wieder hellwach, denn dieser Name weckte in Nolan Hassgefühle und seine Hände begannen zu zittern.

Eigentlich wollte er an den Vorfall von damals nicht mehr zurückdenken, aber plötzlich war alles wieder da. Wie ein Film lief alles erneut in seinen Gedanken ab.

Zwei Tage vor seiner Kommunion mussten er und die anderen Schüler das letzte Mal zum Kommunionunterricht, um den ganzen Ablauf nochmals durchzugehen. Auch an diesem letzten Tag mussten sie zum Ende des Unterrichts alle noch mal eine Beichte ablegen. Nolan hatte sich als Letzter in der Schlange eingereiht, was sich als schwerer Fehler erwiesen hatte. Somit war er der Letzte, der aus dem Beichtstuhl gekommen war. Alle anderen waren schon weg. Nichtsahnend hatte er sich schon gefreut nach Hause gehen zu dürfen. Seine Mutter hatte bestimmt etwas Gutes gekocht und er konnte sich seinen Fotos widmen, die er vor ein paar Tagen gemacht hatte. Als er die Kirchentüre geöffnet hatte, ahnte er nichts Gutes, denn etwas abseits stand Frank Miller. Frank war so alt wie Nolan, aber für sein

Alter schon sehr groß und kräftig gebaut. Er musste bei seinem Vater, der eine große Baufirma in der Stadt hatte, sehr viel mithelfen, daher hatte er schon diese kräftige Statur und war weiter entwickelt als die anderen Jungs in seinem Alter. Neben Frank wirkte Nolan, wie ein Winzling, obwohl er damals auch nicht gerade klein war. Nolan war ein zarter und zurückhaltender Junge gewesen.

Frank hatte die üblichen drei Jungs wie immer um sich herum, wie ein Anhang der zu ihm gehört. Obwohl seine Kumpels auch im gleichen Alter waren, überragte Frank sie alle mit seiner Größe. Die ganze Gruppe hatte zu ihm rüber geblickt und eine böse Vorahnung hatte ihn beschlichen, als er das Grinsen auf ihren Gesichtern sah. Nolan hatte versucht, nicht auf sie zu achten, er hatte seinen ganzen Mut zusammen genommen, tief durchgeatmet und wollte auf dem schnellsten Weg einfach an ihnen vorbei gehen. Doch da kamen sie schon, die fiesen Worte von Frank.

»Na, du erbärmliches Würstchen. Wo willst du denn so schnell hin? Willst du zu deiner Mama auf den Schoß, um ihr zu erzählen wie artig du heute wieder warst?« Dabei hatte er Nolan so stark geschubst, dass er beinah gefallen wäre.

»Erzähle uns doch erst, was du dem Pfaffen gebeichtet hast! Was hat denn unser kleiner Nolan Böses getan? War er unartig zu seinen Eltern? Oder hat er die Katze geschlagen? Hat er heimlich durchs Schlüsselloch geschaut, als es seine Eltern miteinander getrieben haben?« Laut hatte er gelacht und die anderen hatten alle mit gelacht.

»Der weiß ja gar nicht wie so etwas geht«, fuhr Frank mit seinen Beleidigungen fort. »Hast du gebeichtet, dass du dir jedes Mal in die Hosen machst, so wie ein Hosenpisser?«

»Warum lasst ihr mich nicht endlich in Ruhe?«, hatte er Frank mit zitternder Stimme entgegnet.

»Ganz einfach, weil ich das nicht möchte, du kleiner Hosenpisser. Ich habe hier das Sagen, merke dir das, mein kleiner Nolan.« Frank hatte dabei wieder laut gelacht. Nolan erinnerte sich, wie er fieberhaft nach einem Ausweg gesucht hatte und wie erniedrigend es wieder war. Er wusste damals nur eins, er musste schnell wegrennen, denn es wäre nicht das erste Mal, dass sie ihn verprügelten. Nur an diesem Tag sollte es noch schlimmer kommen, viel schlimmer. Nolan hätte nie gedacht, dass so etwas passieren würde. Dann war er einfach losgerannt, als würde er um sein Leben rennen. Er war so schnell gerannt, wie er nur konnte. Seine Lunge brannte und er hatte kaum Luft bekommen. Aber er konnte sie nicht abhängen, denn schon nach kurzer Zeit waren sie ganz dicht hinter ihm. Es waren nur wenige Sekunden vergangen, als er den Schlag an seiner Schulter gespürt hatte und zu Boden gegangen war. Als er dort gelegen war, hatte sich Frank über ihn rüber gebeugt und ihn mit so viel Hass in den Augen angeschaut.

»Na du kleiner Hosenpisser, siehst du wir bekommen dich doch immer wieder. Renn das nächste Mal gar nicht erst weg. Komm einfach freiwillig zu uns und bitte uns darum, dass wir dich verprügeln. Sag einfach, bitte, bitte Frank schlage mich.«

Keuchend und nach Luft ringend war Nolan auf dem Boden gelegen. Er hatte starke Schmerzen gehabt, seine Schulter tat höllisch weh, und beim Fall hatte er sich das Knie aufgestoßen. Das Schlimmste aber, war die Angst um das, was noch kommen würde.

Frank hatte ihn dann an seinem Pullover gepackt und ihn hinter ein Gestrüpp geschleift, das nur wenige Meter weg stand. Die anderen hatten mitgeholfen, obwohl Frank das auch alleine geschafft hätte. Nolan hatte sich mit all seiner Kraft, die er noch aufbringen konnte, gewehrt. Aber es hatte nicht geholfen, er war einfach zu schwach gewesen. Das Gestrüpp war groß und dicht, daher hatte Nolan keine Hoffnung gehabt, dass ihm jemand zu Hilfe kommen würde. Keuchend waren sie alle um ihn herumgestanden. Mit letzter Kraft wollte Nolan vom Boden aufstehen, aber da war schon der heftige Tritt von Frank gekommen. Er hatte ihm so stark mit dem Fuß gegen die Rippen getreten, dass Nolan kurze Zeit die Luft weg geblieben war. Nolan erinnerte sich sehr gut an diesen Schmerz, obwohl er in dem Moment gedachte hatte er müsste ersticken. »Lasst mich doch bitte, bitte in Ruhe«, hatte Nolan sie keuchend angefleht.

Frank hatte nur gelacht: »Merke dir eins Hosenpisser, ich lasse dich nie in Ruhe. Ich hasse dich und das wirst du immer wieder zu spüren bekommen. Ist das klar!? Ich bin hier der Chef! Nur der Chef hat zu bestimmen, wann wir so kleine Pisser wie dich in Ruhe lassen! Hast du das jetzt deutlich und klar verstanden? Oder soll ich noch deutlicher werden?«

Frank hatte noch nicht einmal ausgesprochen, als Nolan den nächsten Tritt zu spüren bekam. Volle Wucht traf in Franks Fuß diesmal in den Bauch. Das war der heftigste Schmerz, den Nolan bisher erlebt hatte.

Gekrümmt lag er so vor den anderen, dabei bat er in Gedanken Gott, dass sie endlich abhauen und ihn in Ruhe ließen.

Aber es geschah nichts, keine schützende Hand lag über ihm. Sie waren immer noch da, denn er vernahm Franks Stimme.

»Findet ihr nicht auch, dass dieser Angsthase eine Erfrischung verdient hat? Schaut doch mal wie er so da liegt, der arme Kleine, wie ein Baby.«

»Der hat bestimmt schon die Hosen voll, wie ein Säugling«, sagte einer der anderen. Alle hatten bei dieser Aussage gelacht.

»Willst wohl zu Mama an die Brust. Aber vorher haben wir etwas Warmes für dich.« Frank hatte dabei seine Kumpels angesehen. Diese grinsten nur, da sie alle wussten, was Frank damit meinte.

Nolan hatte Frank entsetzt angesehen, als dieser seinen Hosenladen öffnete und sein Glied herausholte.

»Genieße diese kleine Erfrischung! Ich habe extra viel getrunken für dich und halte es fast nicht mehr aus. Warte gleich geht es los… Ah, das tut gut.«

Frank hatte lauthals gelacht, während er auf Nolan urinierte.

»Schaut her wie es dem Kleinen gefällt.«

Nolan hatte die anderen im Hintergrund lachen gehört und gedachte wie lange es noch dauern würde, bis alles vorbei war.

»Ah, das war herrlich«, hatte Frank gesagt und dann gab er den anderen den Befehl, es ihm nachzumachen. So standen sie alle um ihn herum und wussten gar nicht, wie erniedrigt Nolan sich fühlte, als sie alle auf den am Boden liegenden urinierten.

Nolan hatte vergeblich versucht, sich mit seinen Händen sein Gesicht zu schützen, aber es brachte nichts, überall traf es ihn, es gab keine Stelle mehr, die nicht durchnässt war. Seine Augen brannten wie Feuer und er konnte nichts sehen. »Lasst mich doch in Ruhe, hört auf, bitte, ich flehe euch an, hört endlich auf«, hatte er geschluchzt.

Es schien eine Ewigkeit vergangen zu sein, als er Frank hörte. »Ok, Nolanbaby, wir lassen dich jetzt mal ein wenig in Ruhe. Gehe nach Hause und heule dich an Mamas Busen aus.« Die anderen lachten.

Frank hatte ihm mit dem Fuß nochmals in den Bauch getreten, dann gingen sie einfach fort, als wäre nichts passiert. Nolan ließen sie einfach so alleine daliegen.

Frank war noch mal kurz stehen geblieben, während er sich umdrehte, sagte er: »Ach Nolan, erhole dich gut, denn wenn wir uns das nächste Mal sehen, wird dich noch was viel Schlimmeres erwarten. Wie gesagt, das heute war lediglich eine kleine Erfrischung. Ich hoffe du hast sie genossen und wehe du erzählst irgendjemand von diesem Vorfall, dann bist du tot, Mausetot! Hast du mich verstanden?«

Nolan hatte nur genickt und dann war bloß noch ihr Gelächter zu hören. Das Gelächter war dann immer leiser geworden, bis eine Totenstille herrschte. Nolan hatte sich in diesem Moment nichts sehnlicher gewünscht als zu sterben. Einfach so, hier und jetzt. Aber nichts war geschehen, er lebte noch. Ich hasse dich Gott, genau diese Worte hatte er in diesem Moment gedacht. Nolan wusste nicht wie lange er so dagelegen hatte, als er sich mit aller Mühe hochrappelte. Alles tat ihm weh. Seine Augen brannten immer noch, aber am schlimmsten war die Erniedrigung gewesen. So etwas Furchtbares war ihm noch nie passiert. Warum hassten sie ihn so sehr, warum? Was hatte er ihnen denn getan? Er war doch einfach nur hier, hier auf dieser Welt und wollte von Niemandem etwas Böses.

Heulend war er nach Hause gelaufen, obwohl er kaum was gesehen hatte. Als er endlich am Elternhaus angekommen war, kam ihm eine Nachbarin entgegen und fragte ihn entsetzt, was denn passiert wäre. Er hatte nur weinend den

Kopf geschüttelt und war ins Haus gerannt. Nolan wollte in diesem Moment mit keinem Menschen reden. An der Treppe war er gestolpert und hatte sich das Knie verletzt, aber dieser Schmerz war nichts, gegenüber dem in seiner gebrochenen Kinderseele.

Seine Eltern waren nicht zu Hause gewesen, das war gut so, denn noch eine Blamage hätte er an diesem Tag nicht mehr verkraftet. Er hatte sich ins Bad geschleppt, unter Schmerzen ausgezogene und sich in die Badewanne gesetzt. Das wärmende Wasser füllte die Wanne langsam. Seine Gedanken kreisten um das Geschehene, und er konnte es immer noch nicht begreifen, was da passiert war. Das warme Wasser hatte seinem Körper gutgetan. Überall am Körper hatte er Abschürfungen gehabt. Er wusste, die würden vergehen aber nicht der Ekel, den er erfahren musste.

Nolan hätte sich vorher lieber selbst getötet, als dass es seine Eltern erfahren durften, deshalb ließ er die dreckige Kleidung in der Mülltonne hinter dem Haus verschwinden. Er hatte den alten Müll vorher herausgeholt, damit er die Kleidung drunter verstecken konnte. Dann hatte…

Die Kirchenglocken rissen Nolan plötzlich aus seinen Gedanken heraus. Das Kirchenläuten verkündete das Ende des Gottesdienstes. Nolan blieb eine Weile sitzen und wartete, bis der Großteil der Leute aus der Kirche gegangen war.

In diese Zeit beobachtete er, wie der Pfarrer sich zum geschlossenen Beichtstuhl begab, um zwei älteren Damen die Beichte abzunehmen. Es dauerte nicht lange und Nolan war mit dem Pfarrer, der noch im Beichtstuhl saß, alleine in der Kirche. Nolan stand auf und ging langsam auf den Beichtstuhl zu. Erinnerungen kamen wieder in ihm hoch.

Damals hatte er sich kurz vorher überlegt, was er denn zu beichten hätte. Eigentlich hatte er nie etwas Gemeines zu beichten, vielleicht, dass er mal etwas gelogen hat, aber sonst war da nichts.

Der gleiche Geruch wie damals stieg ihm in die Nase, als er die Türe öffnete und sich auf die hölzerne Bank setzte. Es roch nach altem gewienertem Holz und Weihrauch, genauso wie damals. Nichts hatte sich verändert, nur dass ihm jetzt der Geruch Übelkeit verursachte und sein Magen rebellierte, aber er beherrschte sich, um sich nicht zu übergeben. Er hatte hier was Wichtiges zu erledigen und konzentrierte sich auf sein Vorhaben.

»Bleib ruhig, Nolan«, befahl er sich selbst.

Er sah sich um, nichts hatte sich verändert. Es war als wäre die Zeit die ganzen Jahre über stehen geblieben. Durch die hölzerne Gittertrennwand konnte Nolan nur die Umrisse des Pfarrers erkennen und er hörte ihn atmen.

Nolan wusste immer noch, was er sagen musste und begann mit leiser Stimme: »Im Namen des Vaters und des Sohnes und des Heiligen Geistes. Amen.«

Von der anderen Seite entgegnete ihm der Pfarrer: »Gott, der unser Herz erleuchtet, schenke dir die wahre Erkenntnis deiner Sünden und Seiner Barmherzigkeit.«

Von Nolan kam ein: »Amen.«

»Was hast du Gott zu beichten mein Sohn?«, fragte der Pfarrer nun mit freundlicher und sanfter Stimme.

Nolan beugte sich vor und sagte mit ruhiger, leiser und fast flüsternder Stimme: »Ich habe nichts zu beichten, Pfarrer Andrew. In meinem Leben läuft alles bestens. Ich habe Gott nichts zu beichten, ihm bestimmt nicht.«

Etwas lauter und mit Ironie in der Stimme redete er weiter.

»Aber wie sieht es mit Euch aus, Pfarrer Andrew? Habt Ihr

Gott nicht etwas zu beichten? Euch liegt etwas auf der Seele und ich bin hier um Euch die Beichte abzunehmen und Euer Gewissen zu erleichtern.«

Es folgte eine lange Stille, nichts war in diesem Moment zu hören. Nolan konnte förmlich spüren, wie es im Kopf des Pfarrers arbeitete.

Nach einem kurzen Räuspern antwortete Pfarrer Andrew zögernd: »Wie meinst du das mein Sohn? Ich verstehe nicht was du meinst und was du von mir willst.«

»So wie ich es gesagt habe, Pfarrer Andrew. Ich bin hier um Euer Gewissen zu erleichtern. Ihr erinnert Euch doch noch an die tragische Nacht, vor vier Wochen, an den einen Mittwochabend, oder? Oder soll ich Euch noch etwas weiter auf die Sprünge helfen und weitere Details von diesem Abend erläutern?«, fragte Nolan scheinheilig.

»Woher weißt du davon?«, schrie Pfarrer Andrew und sprang auf.

»Setzt euch sofort wieder hin, Pfaffe! Oder habe ich gesagt, dass Ihr aufstehen sollt?«, schrie Nolan ihn an und setzte fort »Hört mir jetzt gut zu, Ihr armseliges Stück Dreck! Wegen Euch liegt ein kleines unschuldiges Mädchen im Krankenhaus und wird morgen Mittag sterben und…«

Der Pfarrer unterbrach Nolan und schrie ihn an: »Verlasse sofort diesen heiligen Beichtstuhl und meine Kirche! Ich will nichts davon hören, es ist alles eine Lüge.«

Nolan wurde jetzt richtig zornig. »Eure Kirche, da lache ich jetzt aber. Es ist nicht Eure Kirche, es ist Gottes Haus und ich verstehe nicht, warum Euch Gott hier überhaupt noch duldet. Er hätte Euch längst für diese Tat bestrafen müssen. Oder sieht er doch nicht alles? Schlimmer noch er sieht es, aber duldet es, weil er nicht besser ist als Ihr? Ein paar

Avemaria und alles ist vergessen? So einfach soll es also ablaufen?«

»Schweig, du Gotteslästerer und verlasse sofort diesen heiligen Ort! Sofort! Oder…«, schrie Pfarrer Andrew und war dabei erneut aufgesprungen.

Nolan ließ ihn nicht weiter reden und schrie wütend zurück. »Oder was? Ihr droht mir? Setzt Euch sofort wieder hin und schweigt, Pfaffe! Wenn Ihr mir jetzt nicht zuhört, dann gehe ich sofort zur Polizei und erzähle dort die ganze Geschichte, dann werdet Ihr im Gefängnis Beichte ablegen können. Ich habe gehört, dass dort mit Polizisten und Pfarrern nicht gerade sanft umgegangen wird. Vor allem mit Pfarrern, die kleine Mädchen auf dem Gewissen haben, sie anfahren und einfach im Dreck liegen lassen. Die anderen Mithäftlinge würden Euch mit Freude den Arsch aufreißen. Und was wird die Presse erst schreiben, oh oh. Die böse Kirche mal wieder.« Nolan schüttelte den Kopf.

»Gebt auf und steht zu Eurer Tat und seid einmal in Eurem Leben ein Mann mit Ehre!«

Es herrschte wieder eine kurze Stille, als Nolan von der anderen Seite plötzlich ein Weinen hörte.

Schluchzend stammelte Pfarrer Andrew: »Was soll ich jetzt tun? Ich kann doch nichts mehr an der ganzen Situation ändern. Es tut mir leid, was da passiert ist, aber ich kann es doch nicht mehr ändern. Es ist passiert, einfach passiert.«

»Hört mir jetzt gut zu, ich werde mich nicht wiederholen. Ich weiß, dass Euch die letzten Wochen Albträume deswegen plagen. Ihr könnt nicht schlafen und esst kaum noch was. Ihr habt also doch ein schlechtes Gewissen wegen dieser Sache. Man sollte Euch erlösen und vor allem, das arme kleine Mädchen, meint Ihr nicht auch? Ihr wisst selbst, dass Ihr in dieser Nacht kein Auto mehr hättet fahren dürfen. Ihr hattet zu viel getrunken, aber habt es dennoch getan, und dafür Pfarrer Andrew, solltet Ihr jetzt gerade stehen und mit Euch ins Reine kommen. Außerdem wärt Ihr gleich aus dem Auto gestiegen, wie es sich gehört und hättet dem kleinen Mädchen Hilfe geleistet, wäre alles nicht so weit gekommen. Klar man hätte Euch zur Rechenschaft gezogen, aber das wäre eine Kleinigkeit gewesen, denn jetzt will ich Euren Tod dafür und der Teufel Eure Seele…«

»Der Teufel?«, fragte der Pfarrer zögernd.«

»Ja, der Teufel höchstpersönlich hat mich zu Euch geschickt. Er hat mir in einem Traum gezeigt, es war fast wie ein Film, was an diesem gewissen Abend abgelaufen ist. Er kennt jeden Gedanken von Euch und er hasst so arme verlogene Kreaturen wie Euch. Die Böses getan haben, aber weiter heuchlerisch zu Gott beten. Er hat mir mitgeteilt, dass das Mädchen eine schöne Zukunft vor sich gehabt hätte. Sie sollte die Möglichkeit erhalten, ihre zwei wundervollen Kinder zu bekommen und dann in vielen Jahren, eine liebende Oma zu werden. Sie hat es verdient! Wenn Ihr jetzt nicht zu Eurer Tat steht, dann wird dies nicht passieren. Sie wird morgen Mittag sterben, denn die Ärzte werden die Apparate, die sie noch am Leben erhalten, um zwei Uhr abstellen.«

Einen Moment war wieder Totenstille im Beichtstuhl, als der Pfarrer mit zitternder Stimme fragte: »Was soll ich tun?«

»Ihr werdet Euch morgen Vormittag, um exakt elf Uhr umbringen und genau wenn Euer Tod eingetreten ist, wird das kleine unschuldige Mädchen erwachen, als wäre nie was geschehen. Das ist der Deal. Ein Leben für ein Leben. Wie Ihr euch tötet, ist mir relativ egal, erhängt Euch, springt aus dem Fenster oder nehmt eine Überdosis Schlaftabletten, das bleibt Euch überlassen. Ich weiß Selbstmord ist eine Sünde«, lachte Nolan. »Aber Eure Seele gehört nach Eurem Tod sowieso dem Teufel. Ich glaube, Gott möchtet Ihr nach dieser abscheulichen Tat sowieso nicht unter die Augen treten. Also ich würde mich an Eurer Stelle schämen. Erlöst Euch selber von den Qualen und gebt dem Mädchen das ihr geschenkte und verdiente Leben zurück. Hättet Ihr sie damals nach dem Unfall nicht einfach feige liegen gelassen, säßen wir jetzt nicht hier und alles wäre in Ordnung. Steht zu Eurer Tat und tut morgen einmal in Eurem Leben das Richtige.«

Weinend kam von der anderen Seite: »Ich soll mich töten, aber das kann ich nicht. Wie stellst du dir das vor?«

Nolan schrie ihn wütend an. »Ach, Euch könnt Ihr also nicht töten? Aber ein unschuldiges Kind schon? Wie erbärmlich Ihr doch seid. Und Ihr nennt Euch ein Diener Gottes. Zeigt einmal in Eurem Leben Courage und steht zu dem was Ihr gemacht habt!«

Nolan stand auf. »Gebt Euer Leben für das Leben dieses unschuldigen Mädchens. Eine andere Lösung gibt es nicht und ich kann mir nicht vorstellen, dass Ihr nach dem heutigen Tag noch leben möchtet.«

Der Pfarrer wollte noch etwas erwidern, aber Nolan ließ Pfarrer Andrew nicht mehr ausreden, er hatte alles gesagt. Er konnte diese Situation hier im Beichtsuhl nicht mehr ertragen, der Geruch machte ihn fertig und er begann zu schwitzen. Hastig sprang er auf und eilte aus dem Beichtstuhl.

Als Nolan die Kirche verließ war er erleichtert, das beklemmende Gefühl war verschwunden und auch die Übelkeit war wie weggeblasen. Nolan blieb vor dem Ausgang der Kirche stehen, zündete sich eine Zigarette an und wartete.

Die Türe stand offen, so konnte er sehen wie lange Pfarrer Andrew im Beichtstuhl verweilen würde. Als er nach einer Stunde etwa den Beichtstuhl verließ, wusste Nolan, dass sich Pfarrer Andrew lange Gedanken gemacht haben musste. Das war schon mal ein sehr gutes Zeichen.

Mit einem zufriedenen Gefühl machte er sich auf den Weg nach Hause. Er nahm einen Umweg, um noch etwas in den Park zu gehen, er brauchte dringend frische Luft.

Nolan war am nächsten Morgen gut gelaunt aufgewacht. Er hatte sich und Max ein ausgiebiges Frühstück gemacht und wie an jedem Morgen las er die Tageszeitung und war wieder entsetzt, was alles auf dieser Welt geschah. Als Nolan auf die Uhr blickte, war es halb zehn. Er musste sich langsam fertigmachen, denn er wollte ins Krankenhaus.

Heute zog er seinen besten Anzug an, warum wusste er auch nicht, aber ihm war einfach danach. Ein Gefühl sagte ihm, dass es bald etwas zu feiern geben würde.

Im Flur betrachtete er sich im Spiegel und überprüfte alles noch mal. Er kämmte sich mit der Hand die schon stellenweise ergrauten Haare zurück und setzte seinen Hut auf. Seine Haare waren zwar kurz geschnitten, nur das Deckhaar trug er etwas länger. Immer wenn er nervös war, strich er sie mit seiner Hand nach hinten, das war so eine Angewohnheit von ihm.

»So jetzt aber los«, sagte er laut und griff nach dem Autoschlüssel.

Lange hatte er einen Parkplatz gesucht. »Hier ist ja heute die Hölle los«, fluchte er laut. Bei dem Wort Hölle lachte er laut heraus. »Das passt ja.«

Als Nolan im Krankenhaus ankam, bekam er wie immer ein ungutes Gefühl. Kaum hatte er das Gebäude betreten, hatte er Probleme zu atmen. Jedes Mal holten ihn die Gedanken an seine Krankheit ein, wenn er den Geruch dieses Ortes einatmete. Es roch für ihn nach Krankheit, Tod und Verwesung. Er schüttelte sich, als wollte er die Gedanken abschütteln und fragte an der Klinikpforte, wo die kleine Sarah Hopkins lag.

»Sind Sie ein naher Verwandter der Patientin?«, fragte ihn die ältere Dame, die an der Pforte saß streng. Sie sah ihn dabei misstrauisch an.

»Ich bin der Onkel der kleinen Sarah«, entgegnete Nolan. Die ältere Dame schaute ihn immer noch misstrauisch an, aber erklärte ihm den Weg zur Intensivstation. Als Nolan dort ankam, setzte er sich auf einen der Stühle vor der Türe. Er sah auf die Uhr, es war jetzt viertel vor elf. Entspannt lehnte er sich zurück und wartete. In dieser Zeit beobachte er das hektische Treiben auf dem Flur.

Im Minutentakt wurden neue Patienten angeliefert. Ärzte, Krankenschwestern und Pfleger rannten hektisch umher. Bei einigen Menschen, die hier eingeliefert wurden, ging es um Leben und Tod.

Er fragte sich, ob unter diesen Menschen welche dabei waren, die ihre Seele verkauft hatten. So saß er da und ging seinen Gedanken nach. Er dachte an den gestrigen Tag, als er bei Pfarrer Andrew war. Ob er ihn wirklich überzeugt hatte, und wenn ja, wie würde die Todesart ausfallen?

Nolan würde es ihm am ehesten zutrauen, dass er sich erhängen würde.

Kurze Zeit später eilten plötzlich mehrere Ärzte in das Zimmer der kleinen Sarah. Nolan hatte ein gutes Gefühl.

Dann etwa nach einer halben Stunde kamen zwei Ärzte aus dem Raum und sprachen von einem Wunder.

Nolan lächelte vor sich hin, im Stillen dankte er Pfarrer Andrew. Hatte doch das schlechte Gewissen gesiegt. Flüsternd sagte er: »Viel Spaß in der Hölle, Andrew.«

Der eine Arzt mit den dunklen Haaren sagte dann zu seinem Kollegen: »Michael, die Mutter der Kleinen hat gesagt, wir sollen ihren Mann anrufen, dass er sofort ins Krankenhaus kommen soll. Übernehme du das bitte, ich muss gleich weiter. Es wartet ein dringender Notfall auf mich.«

In diesem Moment sah der Arzt zu Nolan rüber und ihre Blicke trafen sich. Der Gesichtsausdruck dieses Arztes veränderte sich schlagartig. Es war, als wenn von Nolan eine Gefahr ausgehen würde. Nolan hatte sofort ein ungutes Gefühl, irgendwas hatte dieser Mann zu verbergen. Er war kein guter Mensch, das spürte er und er sah es in seinen Augen.

Als er auf sein Namenschild sah, las er Dr. Peter Winterster. Nolan wollte keine Minute länger als notwendig in diesem Krankenhaus bleiben. Auf dem Weg nach draußen, ließ ihm der Gedanke an den Arzt keine Ruhe. Bei manchen Menschen, mit denen er es in den vergangenen Jahren zu tun hatte, kannte er ihre Geheimnisse, ihre Gedanken oder wie ihr Leben verlaufen würde. Bei diesem Arzt allerdings wusste er nur, dass etwas nicht stimmte, etwas Böses ging von ihm aus. Nolan musste etwas über diesen Arzt erfahren, aber er verdrängte jetzt erst einmal diesen Gedanken. Nun freute er sich auf Max und sein Zuhause, denn es gab ja was zu feiern. Sein Chef war bestimmt stolz auf ihn. Er musste noch in den Tierzoohandel und Max was Leckeres kaufen. Danach würden sich die beiden einen schönen gemütlichen

Tag machen. Nolan fühlte sich plötzlich wieder richtig gut, weil er heute was Schönes bewirkt hatte. Die kleine Sarah konnte jetzt ihr Leben fortsetzen. Ihren Eltern blieben eine Menge Sorgen erspart und die Kleine hatte wieder eine schöne Zukunft vor sich.
Ein Leben für ein Leben. Lächelnd ließ er das Krankenhaus hinter sich zurück.

5.Kapitel
Rache

Nolan saß an diesem Juni Nachmittag auf seiner Terrasse und machte sich seine üblichen Notizen und Eintragungen. Er hatte sich einen Kaffee gemacht, und Max lag wie immer neben ihm auf dem Boden. Der Mai war dieses Jahr noch relativ kühl gewesen, aber der Juni zeigte schon, dass es wieder ein sehr heißer Sommer werden würde. Ein Sommer wie er ihn hasste. Er wusste nicht warum, aber der Sommer brachte jedes Jahr noch mehr Dreck in dieser Stadt zum Vorschein. Es widerte ihn an, wie sich die Frauen auf den Straßen und ihren Vierteln gaben. Sie kleideten sich wie billige Huren und benahmen sich auch so. Die Typen in ihren aufgemotzten Autos sprießen plötzlich wie Pilze aus dem Boden. Drogendeals wurden wieder direkt auf den Straßen gemacht, denn keiner hatte wirklich Angst vor der Polizei. Nolan dachte sich, die Polizisten hatten es im Winter auch leichter, da sich doch alle mehr in ihre Häuser und in die Clubs verzogen. So lief im Sommer eben alles direkt auf den Straßen Detroits ab. Selbst vor den Schulen nahmen Dealer keine Rücksicht und machten schon Kinder abhängig.
Nolan hatte heute sein zwölftes Notizbuch angefangen seit seiner Krankheit damals, nachdem er diese Macht besaß. Er machte Eintragungen über die letzten acht Wochen, normalerweise frischte er die Eintragungen alle vier Wochen auf, aber in den letzten Tagen hatte er keinen Kopf dafür gehabt. Andere Gedanken hatten ihn beschäftigt. Nolan musste Buch führen, damit er seine Kopfschmerzen unter Kontrolle hatte und den Überblick nicht verlor. Fein

säuberlich trug er alles ein, jeden Todesfall und damit jede Seele, die der Teufel von ihm bekam, womit er sein Leben verlängerte. Damit die Schmerzen nicht auftraten, musste er seinem Auftraggeber alle zwei Wochen eine Seele verschaffen, das hatte er in den ersten Jahren herausgefunden und seitdem er Buch führte, kamen sie nur noch ganz selten.

Am Anfang hatte er große Schwierigkeiten gehabt Menschen zu finden, die ihm einfach so ihre Seele verkauften. Bis er die Drogenabhängigen für sich entdeckte. Bei ihnen hatte er ein leichtes Spiel, denn die verkauften für Geld alles, selbst ihre Seele. Die machten sich über das Leben und vor allem, was nach dem Tod kommt, keine Gedanken. Alles was zählte, war das Geld für den nächsten Schuss, entweder für denselben Tag oder vielleicht noch für den nächsten Tag. Wochen, Monate oder Jahre zählten bei ihnen nicht mehr. Manchmal nahm sich Nolan die Seelen gleich und manchmal ließ er seinen Opfern noch etwas Zeit, je nach Vereinbarung. So hatte Nolan immer wieder neue Seelen, ohne dass er wieder raus musste.

Er bemerkte, dass er eine Lücke gefunden hatte und er in drei Wochen eine neue Seele brauchte. Plötzlich fiel ihm die kleine Claire von damals ein. Er blätterte in einem der Notizbücher und stellte fest, dass sie in diesem Jahr im Mai gestorben war. Nolan hatte kaum Mitleid mit seinen Opfern, aber um Claire hatte es ihm damals schon leidgetan. Allerdings hätte sie so ein schreckliches Leben gehabt. Das, was sie bis dahin erlebt hatte, war nichts im Vergleich zu dem, was sie in ihrem alten Leben erwartet hätte. Sie wäre zwar trotz den Drogen und dem Alkohol alt geworden, aber Krankheiten und Einsamkeit hätten ihr Leben geprägt. So hatte er ihr wenigsten für zwanzig Jahre ein schönes und glückliches Leben verschafft. Allerdings wusste auch Nolan nicht, was die Seelen in der Hölle erwartete. Auch er würde irgendwann in dieser Situation sein und die Erfahrung am eigenen Leib spüren, aber er verdrängte den Gedanken immer wieder schnell. Was Nolan jedoch erschreckte und beängstigte, war, wie schnell die letzten zwanzig Jahre vergangen waren. Wie ihm Flug kam es ihm vor. So musste bestimmt auch Claire gedacht haben, als ihr Todestag vor der Türe stand.

»Ja meine kleine Claire, so schnell verging die Zeit«, sagte er. Als er damals vor Claire stand, war er 33 Jahre alt gewesen. Claire war eine sehr hübsche junge Frau gewesen, aber Nolan dachte nicht an das weibliche Geschlecht. Er hatte nie das Bedürfnis gehabt, eine Frau kennenzulernen und hatte sich schon oft gefragt, warum das so ist. Wahrscheinlich wollte er einfach nur sein Leben alleine verbringen. So musste er mit niemandem über Gefühle reden und konnte seinen eigenen Weg gehen, ohne jemandem Rechenschaft ablegen zu müssen. Manchmal spürte er dass Frauen mit ihm flirten wollten, aber Nolan hat immer so getan, als hätte er es nicht bemerkt. Irgendwie hatte er noch nie ein besonderes Gefühl gehabt, wenn er einer Frau gegenüber stand. Als er noch ein Junge war, interessierte er sich nur für die Tiere und die Natur. Obwohl, Nolan lächelte bei dem Gedanken, seine damalige Schulkameradin Amelia, die in der sechsten Klasse zu ihnen kam, die hatte er angehimmelt. Er erinnerte sich noch sehr gut an ihre sauber geflochtenen Zöpfe, die er jeden Tag sah, da er genau hinter ihr saß. Heimlich hatte er sie beobachtet und sie auch von hinten gezeichnet. Das war aber schon alles. Sein allergrößtes Geschenk, das er je bekommen hatte, war ein Fotoapparat. Da war er der glücklichste Junge der Welt gewesen und das wurde dann sein größtes Hobby. Jedem Tier war er nachgerannt, bis er geglaubt hatte, ein gutes Foto geschossen zu haben. Nolan lächelte, als er daran dachte, wie seine Mutter immer mit ihm geschimpft hatte, wenn er wieder zu spät und total verdeckt nach Hause gekommen war. »Du und deine Tiere«, hatte sie immer zu ihm gesagt. Wenn er beim Fotografieren war, vergaß er die Zeit um sich herum. Noch heute hingen Bilder, die er damals selbst geschossen und entwickelt hatte, in seinem Haus. Sein Vater und er hatten in einem kleinen Raum im Haus eine Dunkelkammer eingerichtet, so konnte Nolan seine eigenen Bilder entwickeln. Als er aber damals seine Ausbildung als Bankkaufmann gemacht hatte, ließ das Fotografieren leider nach. Heute bereute Nolan, dass er sein Hobby nicht zum Beruf gemacht hatte, aber sein Vater wollte damals unbedingt, dass er was Ordentliches machte. Dass er auf ein College zum Studieren ging, das kam für Nolans Vater gar nicht in Frage. Eine Bank war da natürlich perfekt in seinen Augen. Obwohl es nicht Nolans Traumberuf war, hatte es ihm trotzdem Spaß gemacht und er war ein sehr guter Schüler. Seine Ausbildung hatte er bestens bestanden und wurde danach auch übernommen. Seine Eltern waren damals mächtig stolz auf ihn gewesen. Bis zu dem Tag, als er von seiner Krankheit erfahren hatte, arbeitete er in derselben Bank. Man schätzte Nolan als zuverlässigen und korrekten Mitarbeiter. Seine Kollegen hatten ihn am Anfang immer überreden wollen, etwas mit ihnen zu unternehmen. Wahrscheinlich hatten sie Mitleid mit ihm gehabt. Nolan wollte aber immer gleich nach Feierabend nach Hause, er wollte lieber alleine sein und seine Ruhe haben. Irgendwann verstanden sie es und ließen ihn endlich in Ruhe. Nolan war immer schon ein

Einzelgänger gewesen. »Und so soll es auch bleiben!«, sagte er zu sich selbst und klappte das Notizbuch zu, das er immer noch in der Hand hielt. Nolan nahm das aktuelle Notizbuch zur Hand und trug ein neues Datum ein. Es war der 27. Juni 2014.

Er lehnte sich wieder zurück und dachte an den Traum, den er vor ein paar Tagen gehabt hatte. Nolan kam es vor, als wollte ihm sein Auftraggeber für die treuen Dienste einen Gefallen tun und hatte ihm in einem Traum zugeflüstert, dass der 27. Juni, Frank Millers Todestag war. Er würde liebend gerne diese Seele in Empfang nehmen und Nolan könnte sich endlich an dieser Person rächen, die ihm seine Jugend so erschwert hatte. Nolan lächelte und schüttelte leicht den Kopf, als er sich fragte, woher sein Auftraggeber das alles wusste.

Der Teufel konnte doch nicht die Gedanken und Taten aller Menschen kennen, oder doch?

Nolan hatte lange über einen Racheplan nachgedacht, und jetzt hatte er ihn und wusste, was er als Nächstes zu tun hatte. Morgen war es endlich soweit, und er war aufgeregt wie ein kleines Kind. In Gedanken sah er schon alles vor sich, wie es ablaufen würde.

Nolan saß noch eine Weile auf der Terrasse und ging seinen Gedanken nach. Danach stand er auf und sagte zu Max: »Komm Max, wir gehen jetzt rein. Wir kochen uns jetzt was Gutes und anschließend machen wir es uns gemeinsam vorm Fernseher gemütlich. Was hältst du davon mein Kleiner?« Max stand auf und streckte sich, dann folgte er Nolan maunzend in die Küche.

Am nächsten Morgen bekam Max eine Extraportion Futter, denn Nolan würde den ganzen Tag nicht nach Hause kommen. Max wurde nochmals ausgiebig gestreichelt, und dann fuhr er seinen schwarzen Ford Maverick aus der Garage. Gut gelaunt machte Nolan sich auf den Weg nach Richmond. Er hatte am gestrigen Abend noch ausgerechnet, dass er etwa eine Stunde Autofahrt einplanen musste, bei starkem Verkehr vielleicht etwas mehr. Er machte das Radio an und fuhr bester Laune los.

Nolan war so gut gelaunt, dass er einige Lieder mitsang und klopfte im Takt mit den Fingern aufs Lenkrad. Nach etwa einer halben Stunde Fahrt wurde Nolan wieder nachdenklich, er dachte an damals zurück, dem Ereignis nach dem Kommunionsunterricht. Tagelang hatte er eine panische Angst gehabt nach draußen zu gehen, vor allem zur Schule, aber komischerweise war seit jenem Tag nichts mehr passiert. Frank Miller und seine Truppe ließen ihn seit dem letzten Vorfall in Ruhe. Nolan hatte immer das Gefühl, dass es die Ruhe vor dem Sturm war, er dachte immer daran, dass sie jederzeit wieder zuschlagen würden. Bei jedem Schritt dachte er, er würde sie hinter sich spüren, ihren Atem hören. Aber nichts war mehr geschehen. Als Nolan drei Wochen nach dem Vorfall, beim Bäcker einkaufen war, hatte er einer Kundin zugehört, die sich mit der Angestellten unterhalten hatte. Sie berichtete, dass Frank Miller mit seinen Eltern nach Richmond gezogen war und wie schade sie es fand. Es wäre ja so eine nette Familie gewesen. Nolan hätte vor Freude schreien können und dabei die beiden Frauen in diesem Moment am liebsten umarmt, so erleichtert und glücklich war er, dass Frank nicht mehr in der Stadt war. Nie wieder musste er vor diesem Mensch Angst haben. Es war wie ein Wunder gewesen, und von da an konnte er die nächsten Jahre ohne Angst genießen.

Er lächelte im Auto vor sich hin, als er an diesen Tag von damals dachte. Bis dahin war das der glücklichste Tag in seinem Leben gewesen.

Auch Franks Truppe hatte ihn seit diesem Zeitpunkt in Ruhe gelassen. Es war, als hätte Nolan nie für sie existiert, denn manchmal liefen sie an ihm vorbei, aber achteten gar nicht auf ihn. Als wäre er unsichtbar. So vergingen zwei ruhige Jahre. Eines Tages hatte ihn seine Mutter in den Supermarkt geschickt, um zwei Liter Milch zu kaufen, als er Steve dort begegnete. Nolan hatte ihn erst nicht gesehen und war beinahe mit ihm zusammengestoßen. Steve war einer von Franks Truppe damals.

»Hey Nolan, wie geht es dir?«

»Seit wann interessiert es dich, wie es mir geht?«, fragte er ihn überrascht.

»Warum denn nicht? Hast du das von Frank gehört?«, hatte Steve ihn gefragt, als wäre nie etwas Böses zwischen ihnen passiert.

Nolan hatte verdutzt gefragt: »Was denn?«

»Na das, mit Frank.«

Nolan hatte ihn immer noch fragend angeschaut.

»Ok, du weißt es also noch gar nicht. Frank ist vor zwei Monaten, in Richmond, während der Arbeit von einem Gerüst gestürzt. Seitdem ist er querschnittsgelähmt und sitzt im Rollstuhl. Stell dir mal vor, das einzige was Frank noch bewegen kann, ist sein Kopf, alles andere geht nicht mehr. Er ist komplett auf fremde Hilfe angewiesen. Das ist schon der Hammer, oder? Er tut mir so leid, der arme Kerl.« Verdutzt und mit fragendem Blick hatte Nolan Steve angeschaut und ihn dann angeschrien: »Das meinst du jetzt nicht wirklich, oder? Erwartet du und die anderen jetzt tatsächlich Mitleid von mir? Vor allem Frank? Nach dem was er mir angetan hat, wünsche ich ihm noch viel Schlimmeres.«

Steve hatte ihn überrascht angesehen, als würde ihm jetzt erst einfallen, wie sie ihn damals behandelt hatten. »Ach ja, die Sache mit dir und Frank damals. Es tut mir echt leid, was er dir angetan hat, aber…«

Nolan hatte Steve mitten im Satz unterbrochen und ihn erneut mit zittriger Stimme angeschrien: »Er? Auch du und die anderen Jungs wart daran beteiligt. Hast du das etwa vergessen? Ihr habt mich fertiggemacht und gedemütigt. Warum habt ihr das getan? Warum?«

Steve hatte daraufhin eine Entschuldigung gestammelt und dann gesagt: »Aber das hat Frank nicht verdient, dass er so endet. So ein schlechter Kerl war er auch wieder nicht. Na ja ein paar Sachen waren vielleicht nicht so gut, die er gemacht hat, aber trotzdem war er kein schlechter Mensch.«

»Er war ein schlechter Mensch und ich denke schon, dass er es verdient hat. Ich könnte schreien, wenn ich an damals denke. Noch viel mehr hat er verdient, und ich hoffe er leidet sehr. Von mir aus kann er auf der Stelle sterben!« Den letzten Satz hatte er geschrien.

Nolan hatte bemerkt, dass einige Kunden im Supermarkt sie neugierig beobachteten, dann hatte er sich einfach umgedreht und war aus dem Supermarkt gerannt. Er hatte sich auf sein Fahrrad geschwungen und war zu der Stelle gefahren, an der sie ihn alle zuletzt erniedrigt hatten. Er hatte ganz außer Atem sein Fahrrad abgestellt und sich auf den Boden gesetzt, an die gleiche Stelle von damals.

Als er da so gesessen hatte, waren ihm viele Gedanken durch den Kopf geschossen. Musste er sich jetzt etwa dafür bei Gott bedanken? War es Gott, der Frank so bestraft hatte?

Er musste eine Stunde da gesessen haben, bevor er sich auf den Heimweg gemacht hatte.

Nolan musste nun wieder lächeln, als ihm einfiel, wie ihn seine Mutter damals nach der Milch gefragt hatte. Er hatte sie einfach vergessen und hatte laut gelacht. Seine Mutter hatte mit gelacht, obwohl sie ja gar nicht wusste, um was es ging und warum Nolan wirklich gelacht hatte. Sie hatte ihn dann umarmt und auf die Stirn geküsst und ihn noch mal gebeten loszufahren, um die Milch zu besorgen. Nolan hatte auch Frank Miller irgendwann vergessen. Er kannte dieses Gefühl, diese Vorgehensweise des menschlichen Gehirns. Ein Professor hatte es ihm einmal erklärt, dass die Menschen dazu neigen, sich auf Dinge zu konzentrieren, die der Verstand einfach in Schubladen steckt. In Wichtige und Unwichtige. Einige davon benötigen wir niemals mehr, aber sie sind abrufbereit. So musste es auch bei ihm und Frank Miller sein. Er wurde irgendwann unwichtig für ihn. Bis zu dem Tag, als Nolan nach seiner Krankheit damals, diese Macht bekam. Eine Schublade hatte sich geöffnet und Nolan hatte sich seitdem lange gefragt, wie seine Rache aussehen konnte. Jetzt war sie da, seine Chance, denn er hatte ja diesen Traum vor ein paar Tagen. Der Teufel hatte ihm in dieser Nacht zugeflüstert, dass Frank drei Tage nach seinem 53.Geburtstag an einem Herzinfarkt sterben würde. Deshalb war er jetzt auf dem Weg zu dem Pflegeheim, in dem Frank Miller vor etwa dreißig Jahren abgegeben wurde, weil seine Eltern nicht mehr mit der Belastung fertig wurden. Das war also die zweite Strafe für Frank, er wurde einfach so in ein Heim abgeschoben, indem sich fremde Menschen um ihn kümmern mussten. Das hätte Nolans Mutter bestimmt nie mit ihm gemacht, wenn sie noch leben würde. Sie hätte für Nolan stets gesorgt, egal was passiert wäre, und Nolan wäre auch immer für seine Eltern da gewesen. Trauer kam wieder in ihm hoch, als er an seine Mutter dachte. Wie sie ihn immer angelächelt hatte und ihm die Haare mit der Hand durcheinander gebracht hat. Voller Stolz hatte sie das getan, das hatte er gespürt. Sie wusste, dass Nolan das nicht mochte und ärgerte ihn so im Spaß dabei.

Der Verkehr lief fließend ohne Vorkommnisse. Wie ausgerechnet kam Nolan nach einer Stunde Fahrt, auf dem Hof des Pflegeheimes an. Es war zwölf Uhr und es war jetzt schon sehr warm. Er parkte sein Auto, und als er in den Rückspiegel schaute, sah er in ein paar glückliche Augen. »Das ist dein Tag, Nolan Braddly«, sagte er laut zu sich, dann stieg er aus. Er strich sich seinen Anzug ordentlich zurecht und machte sich auf den Weg zum Eingang des Pflegeheimes. Auf dem Weg dorthin blieb er kurz stehen um sich umzusehen. Nolan dachte sich, wenn man als Besucher kam, konnte man das Anwesen auf den ersten Blick bestimmt als durchaus schön empfinden. Es war jetzt genau die schönste Jahreszeit, alles hatte schon begonnen zu blühen. Die Patienten hingegen, fanden es bestimmt nicht so schön, hier zu sein. Abgeschoben von ihren Angehörigen, wie ein nutzloses Möbelstück. Die Kälte, die in den Wänden zu schlummern schien, konnte auch nicht durch schöne Wiesen oder Blumen auf den Zimmern beschwichtigt werden. Hier war Endstation für diese Menschen, denn Sterben war hier an der Tagesordnung, es war nur eine Frage der Zeit. Kurz kam Nolan der Gedanke, hier seine Zelte aufzuschlagen, nie mehr nach Seelen suchen zu müssen, sie lagen doch alle schon hier bereit für ihn. Er verwarf den Gedanken aber gleich wieder. Es wäre zu leicht für ihn, denn er brauchte das Adrenalin, das Pochen seines eigenen Blutes, den Kick, der ihn immer wieder zu den Lebenden führte. Und diese armen Seelen hätten es bestimmt auch nicht verdient, denn sie hatten die Hölle schon hier. Da gab es andere, die es wirklich verdient haben, in der Hölle zu schmoren.

Kurz vor der Empfangshalle trat eine alte Dame auf ihn zu und fragte ihn, wann endlich ihr Sohn sie besuchen würde. »Kommt Sebastian vorbei, wann besucht er seine alte Mutter?«

Nolan schob sie sanft zur Seite und sagte: »Bald, er kommt bald Mam.«

Es war traurig zu sehen, wie alte und kranke Menschen einfach abgeschoben wurden, nur weil die Angehörigen keine Zeit haben. Sie sind so mit ihrer Arbeit beschäftigt und irgendwann werden sie selbst in so ein Heim abgeschoben. Nolan schüttelte den Kopf um diese Gedanken abzuschütteln. Als er die Empfangshalle des Gebäudes betreten hatte, stieg ihm sofort wieder der Geruch von Krankheit und Tod in die Nase, so wie im Krankenhaus. Er versuchte ihn zu ignorieren, ging auf die Pforte zu und erkundigte sich, in welchem Zimmer sich Frank Miller befand. Eine Schwester mittleren Alters mit ein paar Pfunden zu viel auf den Rippen, sprang gleich strahlend von ihrem Stuhl auf und kam unverzüglich auf Nolan zu. Sie streckte ihm sofort ihre Hand entgegen und begann ganz aufgeregt zu reden: »Oh, es freut mich sehr, dass Frank seit langer Zeit wieder Besuch bekommt. Der Arme, seit seine Eltern plötzlich vor zehn Jahren gestorben sind, war keine einzige Menschenseele mehr bei ihm zu Besuch. Er tut mir so leid, der arme Frank.«

Warum haben alle Mitleid mit Frank? Er konnte es sich nicht erklären.

In diesem Moment klatschte sie sich mit der Hand auf die Stirn und setzte im gleichen Wortschwall weiter fort: »Entschuldigen Sie, ich habe mich noch gar nicht vorgestellt, wie unhöflich von mir. Ich bin Schwester Minna Danes. Darf ich fragen, wer Sie sind und warum Sie Frank besuchen kommen? Sind Sie ein Verwandter von Frank? Ach das würde mich aber freuen, der arme Frank….«

Nolan konnte „der arme Frank" nicht mehr hören und unterbrach Schwester Minna. Gleichzeitig wunderte er sich, wie man so viel reden konnte, ohne einmal Luft zu holen. »Nein, ich bin kein Verwandter von Frank, wir sind nur alte Freunde, sehr alte Freunde. Wir kennen uns noch von der Schule. Ich wollte ihn nur mal besuchen kommen, um zu sehen wie es ihm denn geht.«

Schwester Minna hakte sich plötzlich bei Nolan ein, als wäre er ein alter Bekannter von ihr. Es war ihm sehr unangenehm. Die Nähe dieser Person brachte ihn ins Schwitzen, aber er ließ es zu, und Schwester Minna führte ihn hinter das Haus, in einen schön angelegen Park. Schwester Minna schaute sich um, dann deutete sie auf einen Mann, der mit dem Rücken zu ihnen in einem Rollstuhl saß. »Da, da drüben ist unser lieber Frank, Mister…?«, fragend schaute sie Nolan an. »Wie war Ihr Name noch mal?«

Nolan musste sich beherrschen um nicht unfreundlich zu werden. Diese Person nervte ihn. »Robert Baker, Schwester Minna. Könnten Sie mich jetzt bitte alleine zu Frank gehen lassen?«, antwortete Nolan dennoch höflich aber etwas ungeduldig.

»Aber sicher doch. Sie wissen ja wo Sie mich finden, wenn Sie etwas brauchen sollten. Sie können auch gerne in unserer Cafeteria einen Kaffee zusammen trinken. Wenn Sie

Hilfe wegen Frank benötigen, kommen Sie einfach zu mir, ich werde Ihnen dann behilflich sein. Frank kann nicht alleine trinken, er benötigt da etwas Hilfe, wissen Sie? Also viel Spaß dann euch beiden.« Sie lächelte ihn mit einem fetten Grinsen im Gesicht an, zwinkerte ihm zu und machte sich auf den Weg zurück.

»Na endlich, so eine Nervensäge«, sagte Nolan laut.

Nolan stand eine kurze Zeit einfach so da und sah zu Frank rüber, dann lief er langsam auf den Mann im Rollstuhl zu. Es waren noch etwa zehn Meter, als Nolan kurz stehen blieb. Etwas in ihm bewegte ihn stehen zu bleiben.

Da saß er in seinem Rollstuhl. Frank hatte den Kopf nach vorne geneigt, als würde er im Sitzen schlafen. Nolan ging weiter auf Frank zu und als er neben ihm stand, sah Nolan von der Seite auf ihn herab. Frank war tatsächlich eingeschlafen. Zumindest hatte er die Augen geschlossen, sein Mund war leicht geöffnet und seitlich lief ihm der Speichel am Kinn runter. Nolan hatte plötzlich so ein merkwürdiges Gefühl im Bauch. Er konnte mit diesem Gefühl nichts anfangen. War es Mitleid? Er schüttelte den Kopf und sagte leise zu sich selbst: »Nein Nolan, es kann kein Mitleid sein, denke daran was er dir damals angetan hat.«

Nolan hob zögerlich die linke Hand und berührte sanft Franks Schulter, dabei sagte er leise seinen Namen. »Frank!« In dem Moment, als er Frank an der Schulter berührt hatte, lief in Sekundenschnelle Franks Leben an Nolan vorbei.

Er sah und spürte das ganze Elend, das Frank nach seinem Sturz erlitten hatte. Nolan spürte die Einsamkeit, die in diesem Körper lange Jahre zuhause war. Und er spürte die Schläge, die Frank in seiner Kindheit von seinem Vater bekommen hatte und danach, als er schon im Rollstuhl saß und sich nicht wehren konnte.

Nolan war einen kurzen Moment fassungslos und in diesem Moment öffnete Frank plötzlich die Augen. Er bewegte den Kopf und sah zu Nolan hoch. Als Nolan in seine Augen blickte, die so ausdruckslos und abwesend waren, wusste er in diesem Moment, dass er sein Vorhaben nicht umsetzen konnte. »Aber warum nicht? Er war ein böser Mensch, ein sehr böser Mensch«, flüsterte Nolan.

Wie erstarrt stand Nolan so da, seine Hand lag immer noch auf Franks Schulter. Als hätte er sich verbrannt, zog er sie schnell weg. Viele Gedanken gingen ihm durch den Kopf, und dann entschied sich Nolan endgültig, dass dieser Mann genug gelitten hatte in seinem Leben, sollte Frank seine Erlösung nach dem Tod haben. Nach allem was Nolan in seiner Jugend durch Frank hatte erleiden müssen, war plötzlich alles gar nicht mehr so schlimm. Nolan konnte jetzt mit dieser Geschichte abschließen, denn Frank hatte seine Strafe schon zu Lebzeiten bekommen.

Er legte ihm nochmals die Hand auf die Schulter. »Frank, bald ist alles vorbei und du wirst endlich erlöst von dem ganzen Elend hier. Es erwartet dich ein schönerer Ort, das kannst du mir glauben.«

Frank ließ in diesem Moment wieder seinen Kopf sinken und schloss die Augen.

Jetzt war er wieder in seiner Welt, dachte sich Nolan. Er stand noch ein paar Minuten so da, als er sich dann umdrehte und Richtung Ausgang lief.

Ob er mich erkannt hat?

Im Blickwinkel sah Nolan, dass Schwester Minna ihn gesehen hatte und auf ihn zulief. Nolan ging etwas schneller, denn er wollte mit dieser nervigen Person nicht mehr reden.

Warum hatte sie ihn angezwinkert? Sie war ein guter Mensch, das hatte Nolan gesehen, als er ihre entgegengestreckte Hand genommen hat. Sie ging in ihrem Beruf auf und das war für die Patienten hier gut. Bestimmt waren nicht alle Pfleger und Ärzte so freundlich wie Minna. Dennoch nervte sie ihn und er war froh, dass er das Gebäude verlassen konnte und endlich aus diesem Heim wieder draußen war.

Auf dem Weg zum Auto, setzte er sich auf eine der Bänke und zündete sich eine Zigarette an. Gedanken gingen ihm durch den Kopf.

Warum hatte er Mitleid mit Frank gehabt, nach all den Erlebnissen mit ihm. Der Teufel hatte damals in jener Nacht gesagt, dass er kein Mitleid mit den Menschen haben brauchte, sie hätten es nicht verdient. Nolan wollte ihm einen Deal vorschlagen, den Frank nicht hätte ausschlagen können, so verlockend wäre es für Frank gewesen. Nolan wollte Frank vorschlagen, dass er für den Rest seines Lebens wieder laufen könnte, um ein ganz normales Leben zu führen, aber im Gegenzug hätte er seine Seele gewollt, nach seinem Tode. Frank wäre nicht bewusst gewesen, dass er nur noch drei Wochen zu Leben gehabt hätte. Nolan hätte Frank nur seine Hand geben müssen, dann wäre Frank wieder gesund gewesen.

Auf diese Gabe, die ihm der Teufel gegeben hatte, war Nolan sehr stolz. Er konnte Menschen wieder gesund machen, indem er ihnen nur die Hand geben musste und daran dachte, allerdings nur im Gegenzug der Seele. Er konnte ihnen neue Energie und Kraft geben.

Auch andere Dinge, die er an den Teufel richtete, wurden ihm sofort erfüllt. Er musste nicht mehr arbeiten und dennoch war sein Bankkonto immer gut gedeckt. Das war wahrscheinlich schon eine Entschädigung für das, was er später in der Hölle büßen musste. Frank hatte seine Hölle schon zu Lebzeiten gehabt, Nolan stand die Hölle noch bevor. Aber daran wollte Nolan jetzt nicht denken, er hatte noch jede Menge Zeit. Er stand auf und schüttelte sich leicht, als wollte er diese negativen Gedanken abschütteln. Als Nolan in seinem Auto saß und nach Hause fuhr, war er erleichtert, dass er sich so entschieden hat. Er wusste nicht warum, aber er fühlte sich gut, und es war, als wäre eine große Last von ihm gefallen. Er fühlte sich befreit von Rachegedanken und er konnte sich auf andere wichtige Sachen konzentrieren.

»Es war die richtige Entscheidung«, sagte er leise zu sich selbst und schaltete wieder das Radio an.

Was er jetzt aber brauchte, war ein Ersatz für Franks Seele, aber das war kein Problem für Nolan. In Detroit gab es da keinen Mangel an verlorenen Seelen, ohne große Anstrengung konnte er immer wieder neue Geschäfte abschließen.

Juli 2014

»Halte doch deine gottverdammte Fresse, du verdammter Drecksköter!«

Ein Hausschuh flog in die Richtung der Türe, woher das Wimmergeräusch kam. Jaulend verkroch sich der kleine Mischlingshund hinter die Couch im Wohnzimmer, denn er spürte, heute war sein Herrchen wieder nicht gut drauf, so wie schon oft. Fast täglich war es so.

Nach kurzer Zeit machte der Hund wieder auf sich aufmerksam, wahrscheinlich konnte er seine Blase nicht mehr lange unter Kontrolle halten. Er wusste, dann würde es Prügel mit der Leine geben.

»Warum hat Rebecca dich, nach ihrem Tod, nicht mit ins Grab genommen, du dummer Köter? Jetzt muss ich mich um dich kümmern. Ich muss dich durchfüttern, als hätte ich Geld wie Dreck«, schrie ihn Carl Jenkins wieder an und schaute in hasserfüllt an.

Zitternd und ängstlich schaute der Hund den Mann an, der ihn so anschrie. Carl Jenkins griff nach der Hundeleine, die an der Türe hing. Instinktiv duckte sich der Hund und wollte schon in Deckung gehen.

»Na los komm her, dann gehen wir eben nach draußen. Wegen dir muss ich jetzt nach unten gehen, du Drecksköter. Als hätte ich nichts Besseres zu tun. Nein, ich doch nicht. So ein verdammter Mist, so ein verdammter.«

Im Treppenhaus begegnete ihnen die Nachbarin, die direkt neben Jenkins wohnt. Wieder sah sie wie Jenkins den Hund hinter sich herzog, da dieser Schwierigkeiten hatte, die Stufen zu laufen.

»Also wenn Sie mit dem Hund weiterhin so umgehen, dann rufe ich irgendwann die Polizei an! Der arme Hund, er gehört Ihnen weggenommen.«

»Ach halt doch die Klappe, du dumme alte Schlampe und kümmere dich um deinen eigenen Scheiß!«, schrie Jenkins sie an. »Es ist mein Hund und mit dem kann ich machen, was ich will. Hast du gehört?«

Die letzten Worte hatte er so geschrien, dass es im ganzen Treppenhaus hallte.

Zur gleichen Zeit machte sich Nolan fertig, er wollte ein paar Erledigungen machen und dann noch etwas in den Park gehen. Es war jetzt noch etwas angenehmer von den Temperaturen. Die Nachrichten hatten für später eine große Hitze vorhergesagt. Nolan zog ein leichtes weißes Hemd an und eine leichte dunkle Stoffhose.

»Max, ich bleibe nicht lange weg, ok.«

Max sah verschlafen von seinem Lieblingsplatz hoch, als wollte er sagen „Ja, ja mach nur". Nolan grinste und griff nach dem Haustürschlüssel.

Zum Park waren es zu Fuß etwa fünfzehn Minuten. Als er im Park angelangt war, setzte er sich auf eine freie Parkbank und beobachtete das Geschehen um ihn herum.

Viele Jogger waren jetzt unterwegs, bevor es richtig heiß wurde, drehten sie noch ihre Runden. Nolan beobachte gerade zwei kleine Kinder beim Spielen, als ihm ein ungepflegter Mann, mit einem Hund ins Auge fiel.

Unnatürlich grob zog er den Hund, einen kleinen Mischling, weg, der erst begonnen hatte sein Geschäft zu verrichten und noch gar nicht fertig war. Er hörte ihn brüllen. »Mach schon, du dummer Kläffer!«

Eine ältere Frau drehte sich nach diesem Mann um und schüttelte den Kopf. Als der Mann den Hund mit einem Bein trat, da griffen zwei Jugendliche ein.

»Können Sie mit dem Hund nicht besser umgehen, Mister?«, fragte der Jüngere.

»Was ich mit meinem Hund mache, geht euch einen Dreck an. Kümmert euch um euren eigenen Scheiß, ihr Dummköpfe!«, schrie er sie an.

Den beiden Jugendlichen war der Mann wahrscheinlich unheimlich und sie liefen dann weg.

»Steht mir heute auf der Stirn, hey geht dem Jenkins heute alle auf den Sack!«, rief er ihnen noch nach. »Warum mischen sich heute alle in meine Angelegenheiten?«, schimpfte er vor sich hin.

Nolan beobachtete die ganze Sache ruhig von seiner Bank aus und in seinen Gedanken brodelte es. »Es wird wieder Zeit für ein kleines Spielchen«, sagte er vor sich hin. Nolan wartete, der Mann müsste in einigen Minuten an ihm vorbei kommen.

Was grinst der denn so blöd, dachte sich Carl Jenkins, als er an einer Parkbank vorbei kam, auf der ein Mann saß. In diesem Moment freute sich der kleine Mischlingshund so sehr, wie wenn er den fremden Mann kennen würde, der auf der Parkbank saß. Er wedelte mit dem Schwänzchen und wollte gerade auf die Bank zulaufen, da zog Carl Jenkins mit aller Gewalt die Leine zurück. »Hör auf und komme sofort her, du Bastard.« Der Hund regierte gar nicht auf sein Herrchen, aufgeregt bellte er und zog an der Leine.

»Lass doch den Hund zu mir kommen!«, sagte Nolan.

Nachdem die Leine von Jenkins gelockert wurde, lief der Hund direkt auf Nolan zu und blieb vor ihm sitzen. Als wenn er wüsste, dass ihm jetzt nichts mehr passieren konnte. Nolan bückte sich herunter und streichelte den Hund. Es handelte sich um einen schwarz-weißen, mittelgroßen Rüden. Nolan schätzte ihn so auf fünf Jahre. »Na du bist ja ein freundlicher kleiner Kerl. Was hast du denn verbrochen, dass dein Herrchen so sauer auf dich ist?«, dabei schaute er zu Carl Jenkins und da war Nolans Blick nicht mehr so freundlich.

Unfreundlich und erneut an der Leine zerrend, sagte Jenkins: »Das geht niemanden etwas an, was mischen sich alle in meine Angelegenheiten? Kümmert euch um euren eigenen Dreck.«

»Oh, es geht mich schon etwas an, Carl. Und hör auf an der Leine zu ziehen! Du tust dem Hund weh damit.« Nolans Stimme hatte einen dunklen bedrohlichen Unterton bekommen.

Carl Jenkins überlegte kurz. »Woher kennst du meinen Namen, kennen wir uns?«

Nolan grinste. »Sagen wir es mal so, wir haben einen guten gemeinsamen Bekannten. Der ein paar Dinge von, dir weiß.«

»Ach ja und jetzt, was willst du von mir?«

»Ich würde dir deinen Hund gerne abkaufen.«

»Abkaufen? Den dummen hässlichen Köter?«, verdutzt schaute Carl Nolan an, der immer noch auf der Bank saß und den Hund streichelte. »Wenn du ihn unbedingt willst, dann kannst du ihn haben. An wieviel Geld hast du denn dabei gedacht?« Jenkins Blick hatte dabei einen gierigen Ausdruck bekommen, und das war für Nolan ein gutes Zeichen.

»Ich kann dir zwei Angebote machen, Carl. Das eine Angebot wäre zehn Dollar.«

Jenkins lachte laut. »Für zehn Dollar würde ich ihn lieber von einer Brücke schmeißen. Ich will zweihundert Dollar, sonst geht gar nichts.«

»Nur zweihundert? Du enttäuscht mich, gerade wollte ich dir mein zweites Angebot unterbreiten.«

»Na dann mach mal«, kam es überheblich von Jenkins. »Mein zweites Angebot beträgt 50.000 Dollar, das ist mir der Kleine wert. Allerdings wäre da noch eine Kleinigkeit, die ich von dir möchte. Es ist deine Seele.«

Jenkins stand mit offenem Mund da und schaute Nolan ungläubig an. »Das verstehe ich jetzt nicht, warum willst du so viel Geld für diesen Hund zahlen und was soll das Gerede von meiner Seele?«

»Ich möchte diesen Hund haben, er soll ein schönes Leben bei mir haben. Und du mein lieber Carl, du sollst das Geld nicht einfach so bekommen, das wäre zu einfach. Du musst, wenn du das Geld möchtest, auch was dafür tun und zwar mit deiner Seele bezahlen. Ganz einfach. Das heißt für dich, dass deine Seele nach deinem Tod, dem Teufel gehört.«

Jenkins verstand die Welt nicht mehr und kratzte sich nachdenklich am Kopf.

»Also, was willst du jetzt machen? Möchtest du das Geld haben, oder nicht. Überlege doch mal, so viel Geld nur für einen kleinen Hund.«

»Wie soll es ablaufen, wann willst du mir das Geld geben?«

»Natürlich gleich, oder denkst du etwa ich überlasse dir den Hund noch einen einzigen Tag? Bob will ich gleich mitnehmen.«

»Woher verdammt nochmal weißt du, dass der Köter Bob heißt? Ich habe es nicht erwähnt.«

»Rebecca hat ihm doch damals den Namen gegeben, oder etwa nicht.« Nolan konnte sich ein Grinsen nicht verkneifen, als er sah, dass Jenkins einen hochroten Kopf bekam und ganz unruhig wurde.

»Hat dir das auch der gemeinsame Bekannte erzählt? Mir wird das jetzt alles unheimlich, gib mir das Geld und ich verschwinde hier.«

»Erst möchte ich mit einem Händedruck den Pakt, wegen deiner Seele schließen. Das verstehst du doch, oder? Geschäft ist Geschäft und der Teufel lässt sich nicht lumpen.«

Nolan stand jetzt von der Bank auf und streckte Jenkins die Hand entgegen. Jenkins blickte zu Nolan auf, da er ihn um einen Kopf überragte. Neben Nolan wirkte Jenkins wie ein kleines Nichts. Als er in Nolans Augen sah, überkam ihn ein unheimliches Gefühl. In Bruchteilen von Sekunden hatte er so viele Gedanken, aber dann nahm er die entgegengestreckte Hand an. Der Pakt war besiegelt.

»Sehr gut«, sagte Nolan erfreut und griff nach dem großen braunen Umschlag, der auf der Parkbank lag und reichte ihn Jenkins.

Gierig nahm Jenkins den Umschlag entgegen, wunderte sich aber gleichzeitig, woher dieser plötzlich kam. Er hätte schwören können, dass da vorher nichts lag.

Jenkins überreichte Nolan die Leine. »Na dann gehört er wohl dir. Da hat mir der dumme Köter doch noch mal Glück im Leben gebracht, wer hätte das gedacht.«

»Tja, so spielt das Leben halt, mal gewinnt man, mal verliert man«, erwiderte ihm Nolan.

»Na dann gehe ich mal los«, sagte Jenkins. Er war schon ein paar Schritte entfernt, als er plötzlich Nolan rufen hörte.

»Beinahe hätte ich es vergessen Carl. Ich habe da noch was für dich.«

Nolan lief auf Jenkins zu. »Ich möchte dir noch ein Flugticket schenken. Da ich jetzt doch den Hund habe, kann ich meinen Flug nach Thailand, der in elf Tagen schon geht, nicht antreten. Es wäre doch schade, wenn der Flug verfällt, oder? Mache dir dort eine schöne Zeit mit dem Geld und den heißen Frauen.« Nolan zwinkerte ihm zu und reichte ihm das Ticket.

Jenkins nahm es zögernd entgegen.

»Und was willst du dafür von mir? Noch eine Seele?«, fragte er zögernd.

»Mich wundert es, dass du überhaupt eine hast, Jenkins. Die Bilder die ich von dir gerade eben gesehen habe, deuten nicht auf eine Seele hin. Nein, dafür will ich nichts. Wäre doch nur schade um den schönen Urlaub, mache du ihn für mich. Das Ticket hat mich viel Geld gekostet, ist nämlich First-Class. Genieße es.«

»Ok….«, kam es verdutzt von Jenkins.

Wieder drehte er sich um und nach ein paar Schritten hörte er wieder Nolan etwas rufen.

»Carl, ich wünsche dir einen guten Flug.« Nolan lächelte dabei.

»Ja, ja«, antwortete Jenkins genervt. Und leise fügte er hinzu. »So ein Spinner, der hat sie doch nicht alle. Seele, Teufel, so ein Blödsinn.« Zufrieden lächelte er, als er nach Hause lief. Er schaute in den Umschlag und sah die Geldbündel darin. Seine Augen leuchteten. So viel Geld, ging es durch seine Gedanken. Er schaute sich um, ob er nicht beobachtet wurde, denn in Detroit war man nicht sicher, wenn man so viel Geld dabei hatte. Hier wurde man auch für fünf Dollar niedergestochen. Dann sah er sich das Ticket an und staunte, als er seinen Namen auf dem Ticket sah.

»Verdammt nochmal, warum steht da mein Name drauf. Wie hat er das gemacht?«, sagte er laut. Wer war dieser Kerl? Immer wieder stellte er sich die Frage. »Ach, was mache ich mir da Gedanken, jetzt werde ich mein Leben genießen.«

Er lachte und lief nach Hause.

Nolan blickte Jenkins nach und lächelte dabei. Er beugte sich zu Bob runter, der ganz lieb da saß und ihn dankbar anblickte, als wenn er wüsste, dass ihn jetzt ein besseres Leben erwarten würde.

»So mein Kleiner, den hast du los und der Rest der Gesellschaft, wird ihn bestimmt auch nicht vermissen, wenn er in der Hölle schmort. Wir beiden gehen jetzt dann mal einkaufen, denn Max wird es nicht gefallen, wenn du ihm sein Futter weg isst.«

Bob sprang freudig auf und bellte zur Antwort, als hätte er jedes Wort verstanden. Nolan lachte. »Na dann komm.«

Vor dem Supermarkt musste Nolan den Hund draußen anbinden. »Da darfst du leider nicht mit rein, das sehen die Menschen, die hier arbeiten, nicht gerne. Ich bin aber gleich wieder da und dann gehen wir nach Hause.«

Nolan packte alles, was er für den Hund brauchte, in seinen Einkaufswagen. Heute sollte es nur das Notwendigste sein, da er den Maverick nicht dabei hatte. Er griff noch nach einer neuen Hundeleine, die viel besser zu dem kleinen Kerlchen passte. Dann ging er zur Kasse.

Vor ihm packte eine Frau ihre Sachen auf das Band. Im Einkaufswagen saß ihre kleine Tochter.

Nolan mochte kleine Kinder nicht sonderlich, aber diese kleine Dame in diesem Einkaufswagen, brachte ihn zum Schmunzeln. Sie war etwa drei Jahre alt, blond und ihre etwas längeren Haare waren seitlich zu Zöpfen geflochten.

Sie lächelte Nolan mit ihren blauen Augen an und er lächelte zurück.

Während die Mutter bezahlte, streckte ihm die Kleine ihre Hand entgegen. Nolan streckte ihr auch seine Hand entgegen und die Kleine griff nach seinem Zeigefinger. In diesem Moment ging alles in Sekundenschnelle. Das Leben der Familie lief, wie in einem Film, in seinem Kopf ab. Nolan entdeckte etwas Schreckliches und eine Wut stieg in ihm auf, die er bis jetzt noch nicht gekannt hatte. Die Kleine sah ihn fragend an, dann wurde Nolan wieder klar und er entzog der Kleinen langsam seinen Finger, ohne sie zu erschrecken. Er lächelte sie an und sie lächelte zurück. Armes kleines Mädchen, dachte sich Nolan, es wird ein schwerer Weg für dich. Die Mutter bezahlte gerade und verabschiedete sich jetzt von der Kassiererin.

Nolan musste sich beeilen, dass er mit der Mutter der Kleinen sprechen konnte. Er bezahlte schnell und räumte die Sachen in Windeseile in eine Tasche ein, dann eilte er auf den Parkplatz. Bob sah ihn mit hochgesteckten Ohren an, als wollte er sagen, hey lass mich hier nicht alleine zurück. »Bob, ich bin gleich da.«

Die Mutter hatte ihre Tochter eben auf dem Rücksitz angeschnallt und wollte gerade die Türe schließen, als sie von Nolan angesprochen wurde.

»Entschuldigen Sie Mam, dass ich Sie anspreche, aber ich müsste kurz mit Ihnen etwas sehr wichtiges bereden. Bitte haben Sie keine Angst vor mir, es ist wichtig.«

»Ja, was gibt es denn? Kennen wir uns?«, fragte sie. Verwundert sah sie ihn an und Nolan entdeckte große Ähnlichkeit mit ihrer Tochter.

»Nein wir kennen uns nicht. Es fällt mir jetzt sehr schwer, Ihnen das zu sagen, aber da es wichtig ist, kann ich es nicht einfach so für mich behalten. Sie haben eine so wundervolle Tochter und deshalb muss sie beschützt werden.«

Ängstlich schaute sie Nolan mit großen Augen an. »Versprechen Sie mir bitte, dass Sie sich nun jedes einzelne Wort merken, was ich Ihnen jetzt sage. Es ist wichtig, glauben Sie mir.«

»Sie machen mir Angst, um was geht es hier?«, ängstlich schaute sie zu ihrer Tochter.

»Sie werden mich für einen verrückten Spinner halten, aber es wird der Tag kommen, an dem Sie erfahren werden, dass es nicht so ist und Sie mir glauben werden. Hören Sie mir genau zu!«

Nolan schaute sie ernst an. »Ich habe die Gabe, wenn mir die Menschen ihre Hand geben, ihr zukünftiges Leben zu sehen. Ihre kleine Tochter gab mir im Supermarkt, als wir an der Kasse standen, ihre kleine Hand, und als sie meinen Finger ergriff, sah ich ihres innerhalb Sekunden. Ich sah das genaue Alter nicht, aber sie hatte sich nicht sehr verändert, das heißt es wird nicht mehr lange dauern, dann wird man bei Ihrer Tochter Leukämie feststellen.«

»Das kann nicht sein, meine Tochter ist gesund«, schrie die Mutter.

»Ich möchte Sie jetzt wirklich nicht beunruhigen, noch ist es nicht zu spät. Wie gesagt, hören Sie mir einfach nur zu. Sie haben dabei nichts zu verlieren. Ich bitte Sie, zum Wohl Ihrer Tochter, ab dem heutigen Tag, regelmäßig zu einem guten Arzt zu gehen, um sie untersuchen zu lassen. Selbst wenn ich ein Spinner sein sollte, schaden kann es nicht, oder? Der Tag wird kommen, glauben Sie mir, da wird die Diagnose Leukämie kommen, aber dann ist es noch im Anfangsstadium und kann besser geheilt werden. Und bitte noch eins, gehen Sie nicht mit ihr, in das Rosella J. Boyle

Medical Center, hören Sie es ist wirklich wichtig. Gehen Sie nicht dorthin! Suchen Sie sich ein anderes Krankenhaus für die Kleine aus, bitte Linda.«

Wie erstarrt hörte die Mutter zu. »Woher kennen Sie meinen Namen? Was soll das alles, ich verstehe es nicht.« Sie begann zu weinen.

»Bitte Linda, glauben Sie mir jedes Wort, ich meine es wirklich gut mit Ihnen und ihrer Familie. Wenn Sie auf mich hören, wird Ihren viel Leid erspart. Als ich Ihre Tochter sah, hat sie mich sofort verzaubert. So eine kleine reine Seele.«

Jetzt lächelte Linda wieder. »Ja das kann sie, einen verzaubern. Sie ist unser ein und alles, unsere kleine Caroline.«

»Normalerweise kann ich mit Kindern nicht so viel anfangen, aber bei Caroline war es was anderes. So ein Sonnenschein muss beschützt werden. Gehen Sie gleich morgen zu einem Arzt und auch wenn die Diagnose gut ausfällt, bitte immer wieder hingehen. Es ist immer besser, wenn eine Krankheit früh erkannt wird. Ich spreche aus Erfahrung.«

Linda wusste in diesem Moment wohl nicht, ob sie weinen oder lachen sollte. »Mein Mann wird denken ich bin wahnsinnig geworden, wenn ich ihm diese Geschichte erzähle. Ich kann mir genau vorstellen, was er zu mir sagen wird. Er denkt sowieso schon ich bemuttere Caroline viel zu stark, und wir streiten uns deswegen schon die ganze Zeit.«

»Es ist egal, was Ihr Mann denkt. Hier geht es nur um die Kleine. Versprechen Sie es mir, Linda? Gehen Sie nach Ihrem Gefühl, dann werden Sie das Richtige tun.«

Er reichte ihr die Hand. Linda sah die Hand an, zögerte aber. Wahrscheinlich gingen ihr jetzt Tausend Gedanken durch den Kopf, dachte sich Nolan und sie hatte Angst vor ihm.

»Ihre Mutter, sagte zu Ihnen, an dem Tag als sie im Krankenbett verstarb, dass Sie immer auf das Baby aufpassen sollen, egal was kommen mag. Sie waren an diesem Tag im achten Monat schwanger, Linda. Und Sie haben der Kleinen auch den Namen, ihrer Mutter gegeben. Ich weiß auch, Linda, dass Sie keine Kinder mehr bekommen können. Deshalb ist es umso wichtiger, dass es Caroline gut geht. Woher sollte ich das alles wissen Linda, wenn ich nicht doch eine Gabe habe? Ich möchte Ihnen und Caroline wirklich nur helfen.«

Verwundert nickte sie und dann schnaufte sie tief durch.

»Ich verstehe nicht wie Sie das alles wissen können, aber Sie haben recht, was habe ich zu verlieren, wenn ich mit ihr regelmäßig zum Arzt gehe. Schaden kann es ja nicht. Ich weiß nicht warum, aber ich glaube Ihnen.«

»Sollten Sie irgendwann mal Hilfe brauchen, egal wegen was, dann können Sie sich an mich wenden, Linda. Ich schreibe Ihnen meine Adresse auf.«

»Danke, Mister…?«

»Braddly , Nolan Braddly.«

Nolan hatte immer einen Stift bei sich, er schrieb die Adresse auf den Kassenbon, den er vorhin erhalten hatte und übergab ihn Linda.

»Und denken Sie daran, nicht in das Rosella J. Boyle Medical Center, zu gehen. Dort wird man es nicht gut mit Ihnen meinen. Bitte Linda.«

»Ok, ich verspreche es, Mister Braddly.«

»Alles Gute für Sie und die Kleine.«

»Danke das wünsche ich Ihnen auch.«

Er blickte zu Caroline auf den Rücksitz. Sie lächelte ihn an und winkte ihm mit ihrer kleinen Hand zu. Nolan lächelte und winkte ihr kurz zurück, dann ging er wieder zum Eingang des Supermarktes zurück, um Bob zu holen. Er spürte Lindas Blicke im Rücken, als er sich umdrehte winkte sie ihm zu. Nolan lächelte, sie glaubte ihm und das war gut.

Bob freute sich, dass die Aufmerksamkeit wieder ihm galt. Freudig sprang er an seinen Beinen hoch.

»Hey Bob, ist ja gut mein Kleiner. Jetzt gehen wir nach Hause, dann kannst du dein neues Heim begutachten und deinen neuen Freund begrüßen.«

Ein freundliches Bellen war die Antwort.

Nolan ging auf dem Weg nach Hause seinen Gedanken nach. Als er Caroline die Hand gegeben hatte, war ihm kein Unbekannter in diesem Krankenhaus erschienen. Es war jener Dr. Winterster, den er im Flur bei der kleinen Sarah gesehen hatte.

Jetzt wusste Nolan, warum ihm dieser Mann damals so ein Unbehagen verursacht hatte. Er war das Böse und etwas verband die beiden miteinander. Es war der Teufel.

Gerechtigkeit

August 2014

Nolan las, wie jeden Morgen, nach dem Frühstück seine Zeitung. Heute blätterte er sie etwas schneller durch, denn er suchte einen bestimmten Artikel.

Bob und Max lagen sattgegessen, neben ihm in der Küche auf dem kühlen Boden.

»Ah, da ist er ja«, bemerkte er laut. »Hör mal zu Bob, ich lese dir etwas vor, das könnte dich interessieren.« Bob schaute fragend zu ihm hoch und spitze die Ohren dabei.

»Gestern Nachmittag starben Dutzende Reisende bei einem Flugzeugabsturz auf der Insel Phuket. Es handelte sich um eine Thailändische Fluggesellschaft. Als der Pilot zur Landung aufsetzen wollte, kam er wegen schlechtem Wetter aus der Balance und stürzte ab. Alle 95 Passagiere starben bei diesem Absturz, fast die Hälfte davon waren Amerikaner.«

Nolan blickte zu Bob auf den Boden. Der hatte sich aber wieder hingelegt, als ginge es ihn nichts an. Zufrieden seufzte er dabei.

»Na es scheint dich ja nicht sonderlich zu interessieren, mein Kleiner. Dein früherer Besitzer Jenkins scheint jetzt wohl in der Hölle zu sein. Dort ist auch sein richtiger Platz, die Erde braucht solche bösen Menschen nicht.«

Nolan lächelte zufrieden. Das hatte dieser Mistkerl verdient, nur um die anderen Passagiere tat es ihm leid. Aber er hätte es nicht verhindern können, auch wenn er es schon gewusst hatte, dass genau diese Maschine abstürzen würde. Wenn Gott oder der Teufel beschlossen hatten, Seelen zu sich zu holen, dann konnte kein Normalsterblicher eingreifen, es war eine beschlossene Sache.

Nolan streckte sich kurz, griff nach seinen Zigaretten und zündete sich eine an. Er schaute zu den Tieren hinab und lächelte nochmals. Es war schön wie sich die beiden von Anfang an verstanden hatten. Als Nolan mit Bob das erste Mal nach Hause kam, war ihnen Max sofort entgegen gelaufen. Der Kater hatte Bob mit einem Miauen in die Küche geführt, wo der Futternapf stand. Bob war freudig, mit wedelndem Schwanz hinterher gelaufen. Es war gleich klar, die beide waren sofort Freunde.

Nolan machte seine Zigarette aus. Es war jetzt kurz vor elf Uhr, die Post war bestimmt schon da. Er griff nach dem Schlüssel und lief wie jeden Morgen zum Briefkasten. Als er den Briefkasten öffnete, erkannte er sofort an der Farbe des Umschlages, den Absender dieses Briefes. Es war also wieder soweit.

Er kam von einem Mitarbeiter, der in einem Gefängnis des Bundesstaates Michigan angestellt war. Nolan hatte ihn vor zwei Jahren kennengelernt und seitdem berichtete Cooper ihm, wie Nolan es sagte, von „Interessanten Fällen", die entlassen wurden.

Nolan ging nicht wieder ins Haus, sondern setzte sich auf die Veranda. Es sah heute nach Gewitter aus, aber noch regnete es nicht, nur der Wind wurde etwas stärker.

Er setzte sich und öffnete den hellblauen Umschlag. Der Brief war mit dem Computer geschrieben. Er begann zu lesen.

Guten Tag Nolan,

ich hoffe dir geht es soweit gut. Du weißt ja, wenn ich dir schreibe dann ist es wieder soweit. Ein Häftling, von dem ich behaupte, dass er es nicht verdient hat entlassen zu werden, kommt frei. Es ist eine bodenlose Frechheit, so einen Menschen wieder auf freien Fuß zu lassen.

Immer wieder frage ich mich aufs Neue, was das für Gesetze sind, die grausame Mörder nach nur so kurzer Zeit auf freien Fuß lassen. Wenn es nach mir ginge, würde er bis an sein Lebensende hier im Gefängnis in einer Einzelzelle verbringen. Aber ich habe das ja leider nicht zu entscheiden. Darum schreibe ich dir, Nolan.

Es handelt sich um Paul Jackson, einen Weißen, Mitte Vierzig, kräftige Statur. Er ist immer noch drogenabhängig und ich persönlich schätze ihn als extrem gefährlich ein. Er wird am 04. August entlassen und ich denke, dass er sofort zu seiner damaligen Freundin, Monica Rodriguez fahren wird. Sie wohnt zurzeit in der Romero Street 202, bei dir in Detroit.

Nolan, ich bin der Meinung, wenn jemand ein kleines unschuldiges Kind vergewaltigt, bis es an inneren Verletzungen stirbt, dann hat dieser Mensch kein Recht, jemals wieder in Freiheit zu sein. Im Gegenteil er hat den Tod verdient. Zwölf Jahre hat er für diese Tat nur bekommen, und wird jetzt wegen guter Führung auch noch fünf Monate früher entlassen. Es ist kaum vorstellbar, aber es ist so. Wie kann man so eine Bestie überhaupt frei lassen?

Das Mädchen, das er getötet hat, war die Nichte von Monica. Sechs Jahre war die Kleine damals alt. Monica sollte an jenem Abend Babysitten, da ihre Schwester Sarah niemand anderes gefunden hatte. Laut Aussage von Sarah, hatte sie zwar kein gutes Gefühl dabei, da sie Monicas Freund nicht mochte, aber an diesem Abend hatte sie keine andere Wahl gehabt und hat ihre Tochter bei ihr gelassen. Das hatte sich als nicht gutzumachender Fehler erwiesen. Sarah hatte gewusst, dass Paul als gewalttätig galt, aber mit so einer Tat hatte sie nicht gerechnet. Ich glaube niemand hätte mit so einer abscheulichen Tat gerechnet.

Oft hatte sie Monica gebeten und regelrecht angefleht, sich von Paul zu trennen, aber es hatte nichts gebracht. Monica liebte Paul und das tut sie heute noch. Warum auch immer, aber Monica ist ihm hörig.

Monica und Paul haben sich an diesem Abend wieder mit Drogen vollgepumpt. Monica muss in ein Delirium gefallen sein und hat nichts davon bemerkt, wie sich Paul an der Kleinen vergangen hat. Er hat sie so oft brutal vergewaltigt, das hat die Polizei berichtet, dass sie etwa nach einer Stunde an inneren Blutungen gestorben ist.

Paul ist in dieser Nacht noch abgehauen und Monica, die am nächsten Morgen aufgewacht ist, hat die Kleine dann im Badezimmer gefunden. Nackt und am ganzen Körper zerschunden, lag sie tot in der Badewanne.

Drei Tage später hat sich Paul gestellt und er wurde verhaftet. Monica hat man nicht mit angeklagt, da sie angeblich von Pauls Neigung zu kleinen Mädchen nichts gewusst habe. Noch heute steht sie zu ihm, obwohl er ihre kleine Nichte getötet hat. Es ist ihr auch egal, dass es ihrer Schwester nach diesem Vorfall sehr schlecht geht. Sie wird es nie in ihrem Leben verkraften können. Vier Jahre lang war sie deswegen in einer Psychiatrischen Klinik in Behandlung. Monica ist das aber alles egal. Für sie zählen nur Drogen und ihr gewalttätiger Freund. Die ganzen Jahre hatten sie und Paul Briefkontakt und sie besuchte ihn auch so oft sie durfte. In meinen Augen ist sie keinen Deut besser als Paul. Darum bin ich mir ganz sicher, sobald Paul auf freiem Fuß ist, wird er bei ihr auftauchen. Ich wüsste nicht wo er sonst hinkönnte. Beide müssen ihre gerechte Strafe für diese Tat bekommen.

Mein lieber Nolan, ich bin mir sicher, du denkst da so wie ich und wirst das Richtige tun. Ich bin in Gedanken bei dir.

Dein Freund Cooper

Nolan legte den Brief auf seinem Schoß ab und schüttelte nur den Kopf über so etwas Unfassbares. Bis jetzt war das die grausamste Geschichte, die er je gehört hatte. Sich an Kindern zu vergreifen, das war das Allerletzte in seinen Augen.

Wieder stellte er sich die Frage, wo Gott an diesem Abend war? Wo war seine schützende Hand an diesem Abend? Warum hatte er das Mädchen nicht beschützt? Fragen auf die er keine Antwort wusste. Nolan konnte es auch nicht verstehen, wie ein Mensch zu so einer Tat fähig war. Was ging in so einem kranken Kopf vor? Er seufzte.

Nolan musste einen Plan fassen und es dauerte nur wenige Minuten, bis er ihn gefasst hatte.

Heute war der 02. August, so hatte er noch Zeit um sich das Haus, in dem Monica wohnte, anzusehen. Er ging ins Haus zurück, um nach dem Stadtplan zu sehen, da er diese Straße bis jetzt noch nicht kannte. »Ach ich kenne diese Gegend doch, das ist ja gar nicht so weit weg vom Park. Komm Bob, wir machen einen kleinen Ausflug. Und Max, du passt auf das Haus auf!« Zärtlich streichelte er dem Kater über den Kopf.

Nolan beschloss, zu Fuß zu gehen, da sich die Romero Street hinter dem Park befand. Ihn wunderte, dass sich Monica in dieser Wohnlage die Miete leisten konnte. Es war zwar nicht die teuerste Gegend, aber auch nicht die billigste. Er zog sich ein frisches Hemd an und nahm Bob an die Leine.

Etwa eine Stunde, nachdem sie im Park waren, erreichte Nolan das Haus in der Romero Street. Nolan wunderte sich, wie sich die Lage dieser Straße in den letzten zwei Jahren verschlechtert hat. Damals waren die Häuser in einem besseren Zustand wie heute, also hatte die Armut auch hier in voller Wucht zugeschlagen. Detroit zerfiel immer mehr.

Das Haus, in dem Monica wohnte, war eines das im schlechtesten Zustand in dieser Straße war. Einige Fenstern waren eingeschlagen und nur notdürftig mit Folie beklebt. Wie konnte man im Winter so nur überleben? In Detroit waren die Winter immer eisig kalt. Er schüttelte den Kopf und ging zur Haustüre um nach dem Namen zu sehen. Monica Rodriguez.

›Ok sie wohnt hier«, flüsterte Nolan.

Er ging auf die andere Straßenseite und stand gerade fünfzehn Minuten da, als sich eine Frau dem Haus näherte. Es könnte Monica sein. Die Frau war so um die 40 Jahre alt, ihre langen dunklen Haare waren fettig und ungepflegt. Man erkannte auf den ersten Blick, dass diese Frau an der Nadel hing. Nolan hatte sich nicht geirrt, denn die Frau ging zur Haustüre und schloss auf.

»Gut Bob, jetzt wissen wir, wo Paul übermorgen zu finden ist. Nun können wir wieder nach Hause laufen.«

Als Nolan ankam, ging er sofort nach unten in den Keller und richtete einen der schwarzen Koffer, den er übermorgen brauchte. Ein Grinsen überkam ihn dabei. War er böse, dachte er sich dabei. »Nein, das bin ich nicht. Ich nicht«, sagte er laut zu sich selbst und ging wieder nach oben.

Das Gewitter brach in diesem Moment mit voller Macht los. Max hatte sich schon unter das Bett verzogen und Bob stand ängstlich neben ihm. »Hey, es ist bloß ein Gewitter Bob, du brauchst keine Angst haben. Das Gewitter reinigt den ganzen Dreck dieser Stadt, musst du wissen. Es ist also etwas Gutes. Vor guten Dingen braucht man keine Angst haben. Komm wir legen uns ein wenig hin, bis alles vorbei ist.«

Zwei Tage später bemerkte niemand, dass ein fremder Mann, die Straße beobachtete. Nolan hatte den Maverick genommen, um das Haus von Monica besser observieren zu können. Ihm war bekannt, dass die Entlassungen immer um acht Uhr morgens stattfanden. So stand Nolan schon seit halb neun Uhr vor dem Haus. Bis jetzt hatte sich noch nichts getan. Er schaute auf die Uhranzeige im Auto. Es war schon halb elf, aber es war nach wie vor ruhig. Monica hatte vor einer Stunde die Vorhänge zurückgezogen. Nolan wartete weiter und nichts geschah. »Verdammt noch mal, wo bleibt dieser Mistkerl?« schimpfte Nolan laut vor sich hin, als er erneut auf die Uhr gesehen hatte. Inzwischen war es ein Uhr und Paul war immer noch nicht zu sehen.

Ungeduldig trommelte er mit den Fingern aufs Lenkrad. Plötzlich öffnete sich die Haustüre und Monica kam nach draußen.

»Wo willst du denn jetzt hin?«, schimpfte er laut. Aber sie blieb stehen und schaute sich nur um. Es war ein gutes Zeichen. Paul würde wohl gleich ankommen. Monica sah schrecklich aus, wahrscheinlich brauchte sie dringend einen neuen Schuss.

Sie kratzte sich nervös im Gesicht und blickte immer wieder zur Kreuzung der Straße. Und dann kam ein Taxi und hielt genau vor dem Haus. Ein Mann stieg aus dem Taxi auf den die Beschreibung passte. Es war Paul, denn Monica eilte gleich zu ihm. Sie wollte ihn umarmen, aber Paul stieß sie weg und schrie sie an. »Hast du Stoff besorgt, so wie ich es dir gesagt habe?«

Monica fing gleich darauf zu weinen an. »Woher sollte ich das Geld nehmen, ich habe keinen einzigen Cent mehr, Paul. Seit Tagen habe ich kein Geld mehr. Gestern hatte ich einen Freier, aber der hat zum Schluss nicht bezahlt.«

Paul schubste sie darauf stark, sodass Monica zu Boden fiel. »Du dumme Schlampe bist doch sogar zum Ficken zu blöd. Wie oft habe ich dir gesagt, dass du erst das Geld nehmen sollst. Hey, wie oft habe ich dir das schon gesagt? So ein dummes Stück wie dich sollte man….«

In diesem Moment trat er Monica, die immer noch auf dem Boden lag, mit voller Wucht in den Bauch. »Und jetzt, was sollen wir nun machen? Warten bis jemand an der Tür klingelt und uns Stoff bringt? Du gehst jetzt sofort rein du Schlampe und machst dich für einen Freier zurecht. Viel ist da ja nicht mehr zu machen. Du hast dich komplett gehen lassen, seit ich nicht mehr da war. Du bist die allerletzte Schlampe auf dieser Welt, du Dreckshure.«

Paul wollte wieder zuschlagen, aber er besann sich und dachte wahrscheinlich an die Drogen. Wenn er sie jetzt verprügelte, würde sie heute keinen Freier finden.

Er griff nach seiner Tasche und Monica raffte sich auf. Nur mit Mühe stieg sie die Stufen hoch. Nolan sollte mit Monica Mitleid haben, aber jeder war seines Glückes Schmied. Sie wollte es nicht anders haben, dann sollte sie es eben auch so bekommen. Als Paul im Gefängnis war, hätte sie ihr Leben ändern können. Sie hätte aus der Geschichte mit ihrer Nichte lernen müssen, denn Paul würde sich niemals ändern. Niemals!

Nolan schüttelte den Kopf. »Nein, kein Mitleid.«

Er stieg aus dem Auto und ging zum Kofferraum. Nolan entnahm dort den schwarzen Koffer und lief zum Haus auf der anderen Straßenseite.

Als er vor der Türe stand, hörte er sie immer noch streiten. Nolan lächelte, als er anklopfte. Es dauerte eine Weile, bis geöffnet wurde und Paul Jackson vor ihm stand. Beide waren ungefähr gleich groß, nur war Paul doppelt so breit wie Nolan. Mit hasserfüllten Augen starrte er den fremden Mann an, der mit einem Koffer in der Hand vor der Türe stand. »Kaum bin ich aus dem Knast raus, geht ihr mir schon auf die Nerven, ihr verdammten Bewährungshelfer.«

Nolan schaute ihn kalt lächelnd an. »Ich muss dich enttäuschen Paul, aber ich bin kein Bewährungshelfer. Mein Anliegen ist viel wichtiger, denn ich habe dir einen Deal vorzuschlagen. Ein sehr wichtiges Geschäft, das sich in diesem Koffer befindet.« Nolan hob den Koffer etwas an und Pauls Blick wurde neugierig und Nolan sah die Gier in seinen Augen.

»An der Türe ist es aber etwas schlecht, kann ich ins Haus kommen? Die Nachbarn müssen es nicht unbedingt mitbekommen, oder?«

»Gut, aber wehe es ist nicht wichtig, dann schlag ich dir deine Fresse ein, du Penner.«

Klappt ja perfekt.

Lächelnd betrat Nolan das Haus, aber das Lachen verging ihm schnell. Er spürte sofort die negative Energie in diesem

Haus, so als wäre die Tat erst vor wenigen Minuten passiert. Eine nie gekannte Kälte überschlich ihn und ließ ihn frösteln. Was hatte dieses arme Kind hier nur durchmachen müssen? Sein Zorn war in diesem Moment so groß, dass er Paul auf der Stelle mit bloßen Händen hätte umbringen könnte.

Beherrsche dich Nolan, er bekommt gleich seine gerechte Strafe.

Das nächste war der Gestank in diesem Haus, der ihm Übelkeit bereitete. Nie würde er sich an den Gestank von Wohnungen gewöhnen, in denen Junkies hausten.

Er musste sich zusammenreißen und gute Miene zum bösen Spiel machen. »So, was hast du für ein Geschäft?«, wollte Paul ungeduldig wissen und setzte sich breitbeinig auf die vergammelte Ledercouch, die in dem karg eingerichteten Wohnzimmer stand.

Der Tisch vor ihm stand voller überfüllter Aschenbecher und leeren Flaschen. Ein benutztes verdrecktes Fixerbesteck und mehrerer schon gebrauchte Spritzen lagen ebenfalls auf dem Tisch. Von Sterilität hatte Monica wohl noch nie was gehört. Nolan wunderte es, dass sie überhaupt noch am Leben war, so wie sie mit Sauberkeit umging. Sterile Bestecke waren wichtig in dieser Szene, um sich vor Krankheiten zu schützen. Aber es war wohl ein Fremdwort in diesem Haus.

Paul hatte Nolans angewiderten Blick gesehen und sagte hasserfüllt. »Monica, die dreckige Schlampe, hält es nicht so mit der Sauberkeit, aber das werde ich dem Dreckstück schon noch beibringen. Nur haben wir im Moment andere Sorgen. Aber bald weht hier ein anderer Wind.«

Er zündete sich eine Zigarette an und schrie plötzlich nach Monica. »Hey du Schlampe, bist du endlich fertig? Komm runter, wir haben Besuch.«

Monica kam sofort die Treppe runter. Sie hatte sich umgezogen und hatte jetzt ein typisches Outfit an, um Freier anzulocken. »Ist das ein Freier?«, fragte sie Paul und konnte sich kaum auf den Beinen halten. Ihre dünnen Beine steckten in so hohen Schuhen, dass sie Probleme hatte, darin zu laufen und der Entzug tat sein Übriges.

»Das ist eine gute Idee Monica, darauf hätte ich auch kommen können. Hättest du Lust, es meiner Kleinen zu besorgen? Sie ist gut in solchen Dingen. Für hundert Dollar kannst du alles mit ihr machen. Ich schaue auch gerne weg, wenn du es etwas sadistisch willst. Kostet halt nur etwas mehr. Na?« Paul grinste Nolan an.

»Nein Danke. Ich würde sagen, wir kommen jetzt zum Thema warum ich eigentlich hier bin.« Nolans Blick sagte dabei alles und nahm Paul schlagartig das Grinsen aus dem Gesicht.

»Ich habe einen Deal vorzuschlagen, den ihr kaum ablehnen könnt. Es befindet sich in dem Koffer Heroin im Wert von ca. einer Million Dollar. Da ich aber im Auftrag des Teufels handle, bekomme ich dafür eure Seelen, wenn ihr irgend-wann sterben solltet.«

Monica, die sich neben Paul gesetzt hatte, starrte mit großen Augen auf den Koffer, und Paul lachte aus vollem Hals. »So einen guten Witz habe ich schon lange nicht mehr gehört, nicht mal im Knast.«

»Es ist kein Witz, Paul.«

Nolan stellte den Koffer auf einem Sessel ab und öffnete ihn. Abgepackte Heroinbeutel kamen zu Vorschein.

Paul und Monica starren mit gierigem Blick auf diese Päckchen. Monica versuchte sich von der Couch zu erheben, doch sie fiel nach hinten zurück.

»Bleib sitzen, Monica. Paul wird dir gleich eine Nadel voll geben, um den Stoff zu probieren. Es ist astreiner Stoff, du wirst bald wieder schweben.«

Paul stand auf und nahm ein Päckchen aus dem Koffer.

»Hey, du kommst einfach so in unser Haus und hast so viel Stoff dabei. Du bist doch ein Bulle. Du willst, dass ich wieder in den Knast komme, oder?« Hasserfüllt schaute er Nolan dabei ins Gesicht.

»Nein Paul es ist, wie ich es gesagt habe. Du bekommst den Koffer, ich eure Seelen. Ich bin ein Seelenfänger des Teufels. Warum sollte ich euch anlügen und euch eine andere Geschichte auftischen? Fakt ist, ihr seid drogenabhängig und ihr braucht den Stoff. Was das Leben nach dem Tod anbelangt, das ist euch doch sowieso egal, oder? Für euch ist das Heroin das Leben. Ihr braucht die Drogen und könnt euch noch ein, für eure Ansichten, schönes Leben machen. Kein Kampf jeden Tag, wo ihr den Stoff herbekommt. Monica braucht nicht mehr auf den Strich zu gehen und du musst keine Gewalttaten ausüben. Ihr könnt den Stoff verkaufen, dann hättet ihr Geld im Überfluss. Teure Autos, eine schöne Wohnung, neue Kleidung für Monica, alles was ihr wollt könntet ihr euch leisten. Nur ich möchte halt, nach eurem Tod, eure Seelen dafür. Das ist das Geschäft.« Nolan hatte das Ganze ruhig und sachlich geschildert.

Paul schaute ihn fragend an. »Ich verstehe das alles nicht. Aber egal, scheiß drauf, du kannst unsere Seelen haben, das ist mir echt egal. Der Teufel kann mich am Arsch lecken, das kannst du ihm sagen. Aber eins möchte ich wissen, woher weiß ich, ob der Stoff gut ist und du uns nicht irgendeinen Scheiß unterjubelst?«

»Du musst mir leider vertrauen, Paul. Da hast du keine andere Wahl. Ihr könnt euch eine Kostprobe gönnen, aber vorher muss der Deal stattfinden. Ich möchte euren Handschlag dafür, dann kann die Probe beginnen.«

Paul beobachtete Monica dabei und man sah an ihren gierigen Blicken, dass beide damit einverstanden waren.

»Also Handschlag?«

»Handschlag!«

Paul reichte ihm die Hand. Nolan ergriff die Hand und es raubte ihm für ein paar Sekunden die Kraft. So viel Böses sah Nolan in wenigen Sekunden an Bildern, die nur ein einziger Mensch verbrochen hatte. Für die ganzen Morde und Gewalttaten, die Paul begangen hatte, hätte kein Leben gereicht, um die Schuld abzusitzen. Die allerschlimmsten Bilder waren die, als er Monicas kleine Nichte vergewaltigte. Nolan musste sich kurz fangen und noch etwas benommen, reichte er nun Monica die Hand. Als sie seine Hand ergriff, war das genaue Gegenteil der Fall. Soviel Schmerz hatte Monica in ihrem Leben erleiden müssen, dass Nolan Mitleid verspürte. Er verdrängte dieses Gefühl schnell, auch sie musste sterben. Schließlich war auch Monica an dem Tod ihrer kleinen Nichte schuldig. Hätte sie sich nicht zuge-dröhnt, an jenem Abend und hätte einmal in ihrem Leben Verantwortung übernommen, wäre die Kleine noch am Leben. »Ok, der Pakt ist nun besiegelt. Ihr könnt euch jetzt einen Schuss setzen, ich benutze solange euer Badezimmer. Dann können wir den Rest später bereden.«

Nolan beobachtete noch einen kurzen Moment, wie Paul einen Heroinbeutel öffnete und wie sich beide gierig ihre Spritzen vorbereiteten. Monica zitterte so sehr, dass ihr Paul helfen musste, obwohl er auch so gierig war und kaum Geduld aufbrachte.

»Verdammte Scheiße, bin ich geil auf das Zeug«, sagte er, als er sich gerade den Arm abband.

Nolan wartete auf der Treppe oben, bis sie die Nadeln ansetzten. Monica fand keine Stelle mehr am Arm und zog sich den ohnehin schon kurzen Rock hoch und setzte sich den Schuss in den Schenkel.

Beide fielen schon nach wenigen Sekunden ins Delirium und lagen auf der Couch. Nolan der keine Absicht hatte, ins Badezimmer zu gehen, lief die Treppe wieder herunter. Er wollte die beiden nur im Glauben lassen, sie wären ungestört. Aber so wie die beiden auf Entzug waren, hätten sie ihn gar nicht mehr bemerkt.

Nolan blickte die Personen auf der Couch ohne ein Spur Mitleid an. Pauls Körper begann plötzlich zu zucken und Schaum bildete sich um seinen Mund. Sein Körper kämpfte noch mit letzter Kraft gegen das Gift an, aber es brachte nichts, nach zwei Minuten war Paul tot.

Bei Monica war es anders, ihr schon vorher schwacher Körper hatte keine Kraft, sich zu wehren. Ihr Tod trat schneller ein als bei ihrem Freund.

Nolans Gesichtsausdruck zeigte keine Regung. Er hatte seine Arbeit erledigt. Das Heroin hatte er mit einer Substanz gemischt, die in wenigen Minuten zum Tod führen musste.

»Ich wünsche euch eine gute Zeit in der Hölle!«

Er lief zum Sessel und klappte den Koffer zu. Die Spritzen ließ er liegen, es würde keiner Anstalten machen, den Stoff zu untersuchen. »Und wenn schon«, sagte er und lachte. Dann verließ er das Haus.

Er sog die frische Luft ein und schüttelte alle negativen Gedanken ab, die er in diesem Haus empfangen hatte.

Als er zuhause ankam, setzte er sich an den Tisch und schrieb einen Brief an Cooper. Es waren nicht viele Sätze, aber sie waren eindeutig.

8.Kapitel

Eiskalt

September 2014

Es war jetzt Ende September und das Laub der Bäume verfärbte sich schon langsam gelb. Nolan genoss diesen Tag mit Bob im Stadtpark. Die Sonne schien, aber es war nicht mehr heiß. Bob rannte ausgelassen immer wieder dem Stock hinterher, den Nolan ihm werfen musste.

»Na, jetzt ist aber genug Bob. Komm wir müssen nun nach Hause. Dein Freund Max wartet bestimmt schon auf sein Essen.«

Bob sah ihn an, als wollte er sagen, jetzt noch nicht. Aber trotzdem rannte er Nolan mit wedelndem Schwanz hinterher. Als Nolan gerade die Türe aufschließen wollte, erblickte er auf der Veranda in der Ecke sitzend eine pechschwarze Katze.

»Na wer bist du denn?« Er beugte sich zu dem Tier runter.

»Ich könnte wetten du bist die Katze von Mrs. Baker. Bist wohl ausgebüchst, du kleiner Schlingel. Warte mal, ich bin gleich wieder zurück.«

Nolan ging zu Mrs. Baker rüber, denn sie war die direkte Nachbarin von ihm. Viel Kontakt hatten die beiden nicht, hin und wieder kam mal ein höfliches „Guten Tag" aber mehr war da nicht. Nolan wollte keinen Kontakt zu Nachbarn. Sie würden nur unnötige Fragen stellen und das konnte Nolan am wenigsten gebrauchen.

Er klingelte an der Tür, aber keiner öffnete. Sie war vielleicht Besorgungen machen, dachte sich Nolan und ging wieder zurück. Die Katze saß immer noch am selben Platz und Bob hatte es sich neben ihr bequem gemacht.

»Na dann komm ins Haus, wir warten bis dein Frauchen wieder heim kommt.« Wie auf Kommando huschte die Katze ins Haus und Bob gleich hinterher.

Während Nolan die Tiere mit Futter versorgte, schaute er immer wieder zum Fenster, damit er Mrs. Baker nicht verpasste, wenn sie nach Hause kam. Es vergingen etwa zwei Stunden, bis sie zurück war. Nolan nahm den kleinen Ausreißer auf den Arm und ging nochmals zu Mrs. Bakers Haus. Die alte Dame öffnete sofort die Tür und sah Nolan erfreut an, als sie ihre Katze auf dem Arm erkannte.

»Da bist du ja Ms. Molly. Wo warst du denn nur?«

»Guten Tag Mrs. Baker. Ihre Katze saß bei mir auf der Veranda und ich dachte mir schon, dass es sich um die Ihre handelt.«

»Oh, das ist aber nett von Ihnen Mr. Braddly. Kommen Sie doch kurz herein, bitte.«

Nolan zögerte, denn er wollte nicht unbedingt hereinkommen.

Mrs. Baker bemerkte das Zögern und bevor Nolan antworten konnte, sagte sie: »Bitte Mr. Braddly, tun Sie einer alten Dame den Gefallen. Ich möchte mich so gerne bei Ihnen bedanken. Das Leben wäre die reinste Hölle für mich, wenn ich meinen Ms. Molly nicht mehr hätte.«

Fragend schaute er die alte Dame an. »Meinen Ms. Molly?«

Mrs. Baker lachte und zeigte dabei sehr gepflegte Zähne, das selten bei älteren Menschen zu sehen war. Mrs. Baker war auch so eine sehr gepflegte Erscheinung.

»Ms. Molly ist ein Kater, müssen Sie wissen. Als ich ihn damals bekommen habe, dachte ich die erste Zeit, dass es sich um eine Katze handelt, bis mir der Tierarzt sagte, dass er einen Kater hier auf dem Behandlungstisch habe. Da hatte er aber schon den Namen und ich habe es dabei belassen. Ist doch witzig, oder?« Sie lachte laut dabei. »Jetzt kommen Sie schon rein. Ich habe heute Morgen einen leckeren Apfelkuchen gebacken, als hätte ich geahnt, dass heute noch Besuch kommt. Leisten Sie einer alten Dame etwas Gesellschaft. Es kommt so selten jemand zu mir. Es wird doch mal Zeit, dass wir uns als langjährige Nachbarn näher kennenlernen.«

Nolan ließ sich überreden und trat ein. Verwundert schaute er sich im Wohnzimmer um. Es war alles so gemütlich und liebevoll eingerichtet, dass er sich sofort wohlfühlte. »Setzen Sie sich doch bitte schon auf das Sofa, ich gehe kurz in die Küche und mache uns eine Tasse Kaffee zum Kuchen, Mr. Braddly.«

»Gut Mrs. Baker, Sie können aber auch gerne Nolan zu mir sagen.«

»Gerne Nolan, ich bin gleich wieder da.«

Während er Mrs. Baker rumhantieren hörte, schaue er sich genauer im Wohnzimmer um. Die Möbel, die sie hier stehen hatte, waren alles kostbare Antiquitäten, das erkannt Nolan sofort. In den Vitrinen, standen wertvolle Figuren und auch das Geschirr war bestimmt nicht billig gewesen. Kein Trödel, sondern alles gut ausgesuchte Stücke.

Nolan mochte Menschen, die ein Auge für schöne Dinge hatten.

»So Nolan, hier ist der Kaffee und ich habe Ihnen ein extra großes Stück vom Kuchen abgeschnitten. Sie sollten ohnehin mehr essen. An einem Mann muss was dran sein.« Sie lachte dabei und setzte sich Nolan gegenüber. »Jetzt weiß ich, warum Ms. Molly abgehauen ist, ich habe das Küchenfenster aufgelassen. Je älter man wird desto seniler und vergesslicher wird man. Ich hoffe der Kuchen schmeckt Ihnen, Nolan. Ich habe ihn nach einem alten Rezept meiner Mutter gebacken.«

Nolan probierte den Kuchen. »Köstlich Mrs. Baker.«

»Sie können mich auch gerne beim Vornamen anreden, Nolan. Nennen Sie mich Adina.«

»Adina. Ein schöner Name. Woher stammt er?«, fragte Nolan.

»Er kommt aus dem Jiddischen. Meine Eltern waren beide Juden und sind damals, rechtzeitig aus Deutschland geflüchtet, bevor der zweite Weltkrieg richtig ausbrach. Mein Vater hatte einen Beruf, der es ihm erleichterte, nach Amerika einzureisen. Gott sei Dank, wenn man darüber nachdenkt, was danach geschah. Schreckliche Dinge sind diesen armen Menschen widerfahren. Uns hätte das gleiche Schicksal geblüht, wenn wir damals nicht nach Amerika gekommen wären. Ich danke meinem Vater heute noch dafür, dass er uns gerettet hat. Gott habe ihn selig. Einige Verwandte von uns hatten leider weniger Glück.« Adina schüttelte den Kopf und sie strich sich über die Arme, als hätte sie eine Gänsehaut.

»Ja, es war bestimmt eine schreckliche Zeit, damals. Es ist kaum zu glauben, zu welchen Grausamkeiten die Menschen fähig sind, Adina.«

Eine kurze Pause entstand und beide gingen ihren Gedanken nach. Nolan räusperte sich. »Auch meine Großeltern sind damals aus Irland hierher ausgewandert. Aber nicht wegen dem Krieg, sondern nur in der Hoffnung hier ein besseres Leben zu haben.«

»Leben Ihre Eltern noch, Nolan?«

»Leider nein, Adina. Sie starben bei einem Autounfall in Irland, als sie dort Urlaub machten. Es war sehr schlimm für mich, als ich damals die Nachricht bekam. Ist aber schon lange her.«

Beide aßen etwas vom Kuchen und es war eine kurze Stille im Raum.

»Wie ging es für Sie hier weiter, als Sie in Amerika angekommen waren?«, fragte Nolan.

»Als meine Eltern hier einreisten, war ich gerade mal ein Jahr alt. Das war 1938. Es war hier eine gute Zeit. Mein Vater hatte eine gut bezahlte Arbeit und meine Mutter konnte mich ohne Sorgen aufziehen. Es folgten später auch noch zwei Geschwister. Meine Schwester starb vor fünf Jahren und mein Bruder ein Jahr später. In der Schule lief es sehr gut, ich ging auf die High School und dann folgte das College. Mein größter Traum war es, eine erfolgreiche Anwältin zu werden.«

»Waren Sie verheiratet, Adina? Und haben Sie Kinder?«

Adinas Gesichtsausdruck veränderte sich kurz. Ihr Blick war nur eine ganz kurze Zeit erstarrt, aber Nolan hatte dies bemerkt.

Adinas Blick wurde wieder weicher. »Ja ich war zwei Mal in meinem Leben verheiratet. Meinen ersten Mann lernte ich auf dem College kennen. Ich hatte mich sofort in ihn verliebt, als ich ihn das erste Mal sah. Er war der schönste junge Mann auf dem ganzen Campus. Seine großen braunen Augen strahlten so eine Wärme aus. Es war unglaublich, und es entwickelte sich eine große Liebe. Wir studierten beide Jura und hatten irgendwann eine gute Kanzlei hier in Detroit gefunden, in der wir beide eine Anstellung fanden. Wir wohnten in einer kleinen Wohnung und waren so verliebt. Wir konnten die Finger nicht voneinander lassen.«

Sie lächelte dabei und errötete. »Nach einigen Jahren wollte sich Jonathan dann selbstständig machen und ich beschloss, dass es ein guter Zeitpunkt wäre ein Kind zu bekommen. Wir kauften uns damals dieses Haus und waren sehr glücklich. Aber leider war mir das Glück, ein Kind zu bekommen, nicht gegönnt. Wir versuchten es immer und immer wieder, aber es wurde nichts. Uns so kam es, dass wir uns immer öfter stritten und er dann einfach das Haus verließ, um so wie er es sagte, spazieren zu gehen.«

Es war wieder stille im Raum.

Nolan räusperte sich. »Ich möchte nicht neugierig erscheinen, aber wie ging es dann weiter, Adina?«

Adina erschrak kurz, sie musste ganz tief in ihren Gedanken gewesen sein.

»Was darauf folgte, war nicht so schön, Nolan. Es vergingen ein paar Jahre, als eines Tages ein Brief für mich kam. Ich weiß noch wie heute, wie ich genau hier am gleichen Platz saß und angefangen habe, den handgeschriebenen Brief zu lesen. Ich erkannte sofort, dass es sich um eine Frauenhandschrift handelte und das sollte nichts Gutes heißen. Ich lag richtig mit meiner Vermutung, denn diese Frau teilte mir in dem Brief mit, dass sie seit Jahren mit meinem Mann ein Verhältnis hatte und ein Baby erwartete. Warum war es mir vergönnt gewesen ein Baby zu haben, warum? Und sie schrieb, ich sollte doch in die Scheidung einwilligen. Er würde sie jetzt lieben, nicht mich. Von Scheidung wusste ich gar nichts. Mein Mann hat mit keinem Wort eine andere Frau erwähnt. Wahrscheinlich war er zu diesem Zeitpunkt zu feige, um es mir zu sagen. In diesem Moment bin ich aus allen Wolken gefallen, das können Sie sich bestimmt vorstellen. Eine Welt ist in mir zusammen gebrochen, alles lag in Trümmern. Meine ganzen Träume waren dahin. Ich war so enttäuscht vom Leben, denn alles hatte sich gegen mich verschworen. Tja, was daraufhin folgte, war die Scheidung. Jonathan packte seinen Koffer und weg war er. Er war so gütig mir dieses Haus zu überlassen und etwas Unterhalt zu bezahlen und das war es dann. Seitdem lebt er mit dieser Frau zusammen.«

Nolan trank von seinem Kaffee und schüttelte den Kopf. »Dass ein Mensch so grausam sein kann.«

»Ja es war grausam, ich konnte keine Kinder bekommen und dieses Flittchen, diese elendige Hure war gleich schwanger und trug das Kind meines Mannes unter ihrem Herzen.« Adinas Wortwahl erschreckte Nolan etwas, so böse Worte passten nicht zu so einer feinen alten Dame. Um sie etwas zu beruhigen, fragte er: »Wie lernten Sie ihren zweiten Mann kennen, Adina?«

Wieder veränderte sich Adinas Blick, er wurde starr und Nolan wunderte sich darüber. »Das war leider nicht so romantisch wie beim ersten Mal. Ich glaubte nicht mehr an die große Liebe. Es war eher eine Zweckheirat von meiner Seite. Ich mochte ihn gut leiden, aber Liebe war es nicht. Für ihn war ich die große Liebe, er hatte mich Anfangs vergöttert. Er hatte einen guten Job, er verdiente sich zwar nicht reich, aber es war genug, um gut über die Runden zu kommen. Dann ein paar Jahre später, fing ja hier in Detroit der Verfall an. Er wurde arbeitslos und was darauf folgte, war gar nicht mehr schön. Er fing das Trinken an, schlug mich und er wollte alle meine schönen Sachen verkaufen, die ich während der ganzen Jahre gesammelt hatte. Nichts hatte er in die Ehe und in dieses Haus gebracht, rein gar nichts, aber wollte alles verkaufen. Ohne mich, habe ich mir damals gedacht. Ich habe relativ schnell die Scheidung eingereicht und er ist daraufhin in eine andere Stadt gezogen.« Adina schnaufte tief ein und aus, dann trank sie von ihrem Kaffee. »So, jetzt aber genug von den Männern,

Nolan.« Sie lächelte ihn jetzt an und stand auf. Während sie zu Vitrine lief, sagte sie: »Ich gönne mir jetzt einen Likör, Nolan. Möchten Sie auch einen?«

 »Nein danke, Adina.«

»Es entgeht Ihnen aber dann ein sehr guter Tropfen.«

Sie setzte sich wieder hin, danach goss sie sich etwas Likör ein. »Ah, das tut gut.« Sie sah lächelnd zu ihrem Besucher. »Wie ist es bei Ihnen, Nolan? Waren Sie schon verheiratet? Eine Frau konnte ich jetzt bei Ihnen noch nicht sehen.«

Nolan war diese Frage sehr unangenehm und dachte schon, dass er jetzt langsam rüber in sein Haus gehen sollte. »Nein Adina, ich war nicht verheiratet. Ich hatte bisher nicht die Zeit, um mich mit diesen Dingen zu beschäftigen.«

»Vielleicht ist es ja auch besser so. Manchmal bleibt einem viel im Leben erspart, wenn man nicht heiratet.« Nolan nickte und stand auf. »Es war sehr angenehm, bei Ihnen zu sein, Adina. Jetzt sollte ich aber langsam gehen. Meine Tiere müssen versorgt werden. Danke für den leckeren Kuchen, er war wirklich sehr gut.«

»Schade, dass Sie schon gehen möchten, Nolan. Sie können jederzeit wieder kommen wenn Sie möchten.«

Adina brachte Nolan zur Türe und als er an der Schwelle stand, reichte Adina ihm die Hand. Nolan nahm die Hand und in diesem Moment, sah er Dinge, mit denen er nie im Leben gerechnet hatte.

»Ist etwas nicht in Ordnung Nolan?«, fragte Mrs. Baker besorgt und verwundert zugleich, als sie Nolans überraschten Gesichtsausdruck bemerkte.

Nolan, dem es das erste Mal in seinem Leben die Sprache verschlagen hatte, stammelte nur ein. »Nein, nein alles ok.« Ohne sich nochmals umzudrehen, lief er schnell zu seinem Haus. Als er davor stand, wollte er noch nicht rein.

War es möglich sich so in einem Menschen zu irren? Wie konnte er sich so täuschen lassen? Nolan setzte sich auf seinen Lieblingsplatz auf der Veranda, dabei ging er seinen Gedanken nach und versuchte, die Bilder die er eben gesehen hatte zu ordnen.

Laut diesen Bildern, war Adina eine vierfache Mörderin. Die Geschichte mit ihrem ersten Mann stimmte bis zu dem Zeitpunkt, als sie sagte er wäre ausgezogen und er würde mit dieser Frau zusammen leben. Er lebte mit dieser Frau zusammen, aber es waren gerade mal nur ein paar Wochen, in denen sie glücklich miteinander sein konnten.

Adina konnte das Glück der beiden nicht ertragen und hat einen Fremden dazu beauftragt, das Haus in dem sie lebten anzuzünden. Eine große Summe hatte sie dafür bezahlt und es kam nie heraus, dass es sich um Brandstiftung und Mord gehandelt hatte. Ihr erster Ehemann, seine Lebensgefährtin und das ungeborene Kind starben qualvoll in den Flammen des Feuers. Nolan konnte verstehen, dass Adina verletzt war, aber deswegen zu morden? Nein, dafür hatte er kein Verständnis. Eiskalt hatte sie diese Tat geplant und hatte nie Reue gezeigt. Bei ihrem zweiten Ehemann stimmte die Aussage nicht, dass dieser in eine andere Stadt gezogen war. Nein dieser Mann befand sich immer noch in ihrem Haus. Er lag seit fünfunddreißig Jahren tot in ihrem Keller. Sein einziger Fehler hatte darin bestanden, dass er kein Geld mehr verdiente und es schwierig war einen neuen Job zu bekommen. Adina hatte damals ein Alkoholproblem, nicht ihr Ehemann. Sie konnte es einfach nicht ertragen, nur wenig Geld zu besitzen. Seit ihrer Kindheit hatte sie nie Geldnöte gekannt und es war unerträglich für sie so zu leben. Die Lebensversicherung ihres ersten Mannes hatte sie schnell verbraucht. Daher also die wertvollen Sachen in ihrem Haus.

Nolan schüttete angewidert den Kopf und flüsterte. »So eine Abgeschlagenheit, ich kann es nicht fassen.« Was sollte er tun. Sie der Polizei melden? »Oh nein, Mrs. Baker, du sollst in der Hölle dafür schmoren. Für ewig!«

Nach einigen Minuten begab sich Nolan ins Haus und ging seinen Plan noch mal durch. Eine Stunde später schaute er auf die Uhr, es war kurz von neunzehn Uhr, Zeit sich auf den Weg zu machen. Nicht, dass die alte Dame schon vorhatte ins Bett zu gehen. Er hatte noch eine Nachricht für sie. Nolan lief zu ihrem Haus und klingelte.

Adina öffnete die Türe und strahlte ihn an. »Ach so schnell habe ich Sie aber nicht wieder erwartet, Nolan. Möchten Sie noch ein Stückchen vom Kuchen?«

»Nein Adina, ich möchte keinen Kuchen. Ich bin gekommen um Ihnen etwas mitzuteilen, das Ihnen nicht gefallen wird.«

Überrascht schaute sie in an. »Kommen Sie doch rein!« Nolan lief ins Wohnzimmer und sagte dann im Befehlston: »Setzen Sie sich hin, Adina!«

Wie ein kleines ängstliches Mädchen saß sie nun auf dem Sofa und schaute zu Nolan hoch, der vor ihr stehen geblieben war.

»Ich werde Ihnen jetzt eine Geschichte erzählen, Adina. Vor etwas mehr als zwanzig Jahren bin ich an Krebs erkrankt. Man stellte damals einen bösartigen Tumor in meinem Kopf fest. Der Kampf war aussichtslos, und als ich in jener Nacht zum Sterben bereit war, habe ich Besuch bekommen. Möchten Sie wissen von wem, Adina?«

Die alte Dame nickte nur, da sie nicht verstand um was es hier ging.

»In jener Nacht kam der Teufel zu mir. Er machte mir ein Angebot, das ich nicht abschlagen konnte, da es so verlockend war. Er sagte, dass ich noch nicht sterben werde, wenn ich ihm immer wieder neue Seelen beschaffe. Die Seelen, die es nicht verdient haben, ins Paradies zu kommen. Damit mir diese Sache besser gelingen würde, hat er mir eine Gabe verliehen. Möchten Sie wissen, welche das war, Adina?« Mit kalten Augen sah er sie dabei an.

Wieder nickte Adina nur und sah ihn mit Angst in den Augen an.

»Er gab mir folgende Gabe: wenn ich einem Menschen die Hand gebe, dann kann ich seine Vergangenheit und seine Zukunft sehen.« Es folgte eine kurze Stille bis Nolan weiter sprach. »Was denken Sie, habe ich gesehen, als ich heute Nachmittag Ihre Hand genommen habe?«

Adina schluckte. Man sah ihr an, wie nervös sie wurde.

»Was haben Sie denn gesehen, Nolan?«

»Ich habe gesehen, dass Sie mir nicht die ganze Wahrheit gesagt haben, und dass Sie vier Menschen auf dem Gewissen haben. Vier Menschen haben Sie getötet und zeigten nicht einmal Reue bei diesen Taten.«

Eine lange Stille herrschte im Raum, bis Adina plötzlich aufstand. Ein ganz anderes Gesicht kam nun zum Vorschein. »Verdient haben sie es, alle!«, sagte sie kalt. Ihr Blick war zornig, es war nicht mehr die kleine gebrechliche alte Frau, die sie noch heute Mittag war. »Sie haben ihre gerechte Strafe bekommen. Mein Mann, seine Hure und das kleine Balg. Keine Minute in meinem Leben habe ich diese Tat bereut, keine Minute.« Zornig stand sie vor ihm und schaute zu ihm hoch. »Und mein zweiter Mann, dieser Versager wollte mein ganzes Hab und Gut verscherbeln, nur weil er keine Arbeit gefunden hat. Es war mein Haus, es

waren meine Sachen in diesem Haus. Meine!«, schrie sie.
»Soll ich Ihnen etwas sagen, Nolan? Ich habe es gerne getan
und bereue es überhaupt nicht. Keine einzige Minute habe
ich es bereut. Es hat mir Freude bereitet, ihn zu
beobachten, wie er das Glas mit dem Gift getrunken hat. Es
hat mir auch Freude bereitet, als ich ihn auf dem Boden
liegen sah, wie er sich vor Schmerzen gekrümmt hat. Es hat
länger gedauert als ich gedacht habe.« Voller Zorn stand sie
vor ihm und blickte ihm direkt ins Gesicht.
»Gut, diese Worte von Ihnen erleichtern mir mein
Vorhaben. Ich habe zwei Vorschläge für Sie. Setzen Sie sich
wieder hin und hören Sie mir gut zu!« So zornig wie Nolan
war, war er versucht Adina auf das Sofa zu stoßen, aber sie
setzte sich freiwillig hin. Adina schaute mit einem trotzigen
und vorwurfvollen Blick, wie ein kleines Kind zu Nolan
nach oben.
»Entweder ich gehe zur Polizei, dann werden Sie die
restlichen Jahre ihres Lebens im Gefängnis verbringen, oder
ich gehe nicht zur Polizei, aber dafür versprechen Sie mir
ihre Seele. Glauben Sie mir, im Gefängnis werden Sie sich
nicht wohlfühlen. Sie werden ihre Zeit in einer kleinen
Zelle, ohne ihre wertvollen Sachen und ohne ihre Katze
verbringen. Eines können Sie mir noch glauben, Adina. Sie
werden noch einige Jahre leben. Wie kann Gott Ihnen nur
so ein wundervolles langes Leben schenken? Warum
Ihnen?« Nolan schüttelte den Kopf. »Wie gesagt, sollten Sie
mir Ihre Seele geben, läuft alles wie gehabt, nur nach dem
Tod gehören Sie und Ihre schwarze Seele dem Teufel,
Adina.«
Adina schluckte und überlegte, dabei nahm sie ihr Gesicht
in die Hände. Es vergingen einige Minuten, bis sie zu ihm
hoch sah. Ihr Blick war kalt. »Ich verkaufte meine Seele,

aber denken Sie nicht, dass ich daran glaube. Gott und Teufel, pah….« Adina schaute Nolan angewidert an.

»Glauben Sie was Sie wollen, Adina. Sie werden schon sehen, wie recht ich habe.«

Er streckte ihr die Hand entgegen. Adina schaute sie lange an, dann ergriff sie Nolans Hand und der Pakt war besiegelt. Sein Blick wurde jetzt milder, denn Adina tat ihm jetzt fast ein wenig leid. Wie sie mit geneigtem Kopf da saß, wie ein kleines Häuflein Elend.

»Gute Nacht, Adina. Ich finde alleine hinaus.«

9.Kapitel
Vatergefühle

Anfang Dezember 2014

Nolan stand am Fenster und blickte hinaus. Der Himmel war grau und es sah aus, als würde es heute noch schneien. Er öffnete das Fenster und sog die frische Luft tief ein. Er hörte ein Geräusch und sah zum Nachbarhaus, Mrs. Baker hatte wohl gerade dieselbe Idee gehabt. Aber schnell hatte die alte Dame das Fenster wieder geschlossen, als sie Nolan bemerkt hatte. Mrs. Baker ging ihm seit jenem Tag aus dem Weg, als sei er der Teufel höchstpersönlich. Ist wohl das schlechte Gewissen, dachte er sich und grinste dabei.

Nolan war seit ein paar Tagen unruhig. Immer wieder hatte er sein Vorhaben rausgezögert, sich um diesen Arzt aus dem Rosella J. Boyle Medical Center zu kümmern.

Zwei Mal war er ihm jetzt schon negativ aufgefallen. Damals, bei der kleinen Sarah im Krankenhaus und dann bei der kleinen Caroline, deren Zukunft er gesehen hatte. Heute würde er sich auf den Weg ins Krankenhaus machen, um sich über diesen Arzt zu erkundigen.

»Komm Bob wir gehen vorher noch kurz in den Park.«

Bob rannte ihm schon mit der Hundeleine entgegen. »Braver Junge«, lobte er ihn. Kater Max schlief auf der Couch.

Nolan genoss den Spaziergang im Park und Bob tobte sich wie immer aus. Es hatte tatsächlich leicht angefangen zu schneien, und ein schönes, wohliges Gefühl überkam Nolan. Seine Jahreszeit hatte begonnen, die Zeit der Trübsinnigkeit in den Seelen der Menschen, was zu seinem Vorteil war.

Bob tollte ausgelassen umher. Plötzlich rannte er auf eine Bank zu, auf der ein etwa zwölfjähriges Mädchen saß.

Nolan bemerkte, wie sie sich freute, den Hund zu streicheln. Bob schien es sehr zu gefallen, denn er legte sich auf den Rücken und ließ sich den Bauch kraulen. Das machte er nur, wenn er sich sicher fühlte, genau das schien hier der Fall zu sein.

Nolan beobachtete das Mädchen. Für diese kalte Jahreszeit hatte sie nur eine dünne Jacke an und ihre Füße stecken in ausgetretenen Turnschuhen. Sie musste bestimmt frieren, dachte sich Nolan, dabei lief er näher auf die Bank zu.

Das Mädchen schaute zu ihm hoch. »Das ist ja ein süßer Hund«, sagte sie lächelnd zu Nolan. »Ich will auch gerne einen Hund, aber mein Dad erlaubt es mir nicht.« Ihr Gesicht wurde wieder traurig.

»Ja Bob ist ein feiner kleiner Kerl. Es ist schade, dass dir dein Vater keinen Hund erlaubt. Weißt du, wenn du ein Haustier besitzt, dann bist du nie alleine. Tiere, vor allem Hunde halten immer zu dir.« Nolan setzte sich zu dem Mädchen auf die Bank. Er hatte das Gefühl, dass dieses Mädchen Hilfe brauchte.

»Wie heißt du?«, fragte Nolan und lächelte sie dabei an.

»Jessica, aber alle nennen mich Jess. Und du?«

»Mein Name ist Nolan, und der kleine Kerl da ist Bob.« Jess beugte sich wieder zu Bob und streichelte ihn.

»Warum erlaubt dir dein Vater keinen Hund, Jess?«

In diesem Moment bemerkte Nolan, als sich Jess heruntergebeugt hatte, Striemen auf ihrem Rücken. Ihre Jacke und ihr Shirt waren hochgerutscht und man erkannte sie deutlich. Jess hörte auf Bob zu streicheln und schaute Nolan traurig an. Nolan bemerkte ihre Sommersprossen, die schön zu ihren braunen langen Haaren passten.

»Mein Dad ist sehr streng, er erlaubt mit gar nichts. Er ist arbeitslos, da haben wir kein Geld, sagt er immer wieder. Du bist nicht arbeitslos, Nolan? Weil du einen Hund hast?«

Nolan musste über ihre direkte kindliche Art lachen, obwohl die Situation bestimmt nicht zum Lachen war.

»Nein, ich bin nicht arbeitslos.«

»Was machst du denn?«, fragte sie neugierig.

Nolan überlegte kurz, wie er seine Arbeit beschreiben könnte. »Ich arbeite für einen mächtigen Mann, der einen großen Konzern hat. Er vergibt mir Aufträge und ich muss sie erfüllen.«

»Macht dir die Arbeit Spaß?«

Nolan lachte. »Manchmal ja, aber manchmal auch nicht. Wie in jedem Job. Was möchtest du denn später beruflich machen, wenn du erwachsen bist, Jess?«

Wie aus der Pistole geschossen kam die Antwort. »Ich will unbedingt Tierärztin werden. Aber ob mein Dad mir das erlaubt? Ich müsste lange zur Schule gehen.«

»Da wir gerade von Schule sprechen, warum bist du heute nicht in der Schule? Es ist zwölf Uhr Mittag, müsstest du nicht gerade dort sein?«

Jess zögerte kurz bevor sie antwortete. »Dad hat gestern Nacht ganz schön Ärger gemacht. Er hat mich kaum schlafen lassen und deshalb habe ich heute Morgen verschlafen. Das mache ich öfters, seit Mama nicht mehr da ist.«

»Wo ist deine Mama denn hin?«

Nolan bemerkte wie Jess mit den Tränen kämpfte.

»Mama hat es nicht mehr ausgehalten und ist weggegangen. Sie hat Dad einen Brief hinterlassen und war weg. Mich hat sie einfach zurückgelassen, alleine bei Dad. Keiner weiß, wo sie ist.« Eine kurze Pause entstand. »Seitdem ist mein Vater richtig böse.«

»Was hat dein Dad denn letzte Nacht gemacht?«

Sie seufzte und hob ihre Schulter dabei. »Er hatte wieder getrunken und das bedeutet, laute Musik die ganze Nacht. Ich hoffe immer, dass er bald einschläft, aber es kommt immer darauf an, was er getrunken hat. Gestern war es Wodka. Wenn er Bier trinkt, ist es nicht so schlimm. Trinkst du auch Alkohol, Nolan?«

»Nicht so wie dein Dad, Jess. Manchmal gibt es Situationen da trinke ich was, aber es hält sich immer in Grenzen.«

»Ach hätte ich doch nur so einen Dad wie dich«, dabei seufzte sie.

»Wie viele Kinder hast du, Nolan?«

»Ich habe keine Kinder, Jess. Weißt du ich war auch nie verheiratet. Aber wenn ich dich so anschaue, dann bereue ich es, dass ich keine Kinder habe.« Nolan wunderte sich selbst über diese Aussage, aber diese kleine unschuldige Person hatte sein Herz erweicht.

»Jess, ich werde dich später nach Hause bringen, aber vorher zeige ich dir, wo ich wohne. Solltest du Hilfe brauchen, egal wann, dann kannst du zu mir kommen. Ich werde dir immer helfen. Das ist ein Versprechen. Du kannst auch gerne einfach so mal vorbeikommen und Bob besuchen. Ich habe auch einen Kater, den wirst du auch mögen.«

Die Augen der Kleinen bekamen ein Leuchten, das nur in Kinderaugen zu sehen ist. »Au ja«, freute sie sich.

Da war noch etwas, was Nolan erfahren musste, aber er wollte sie daraufhin nicht ansprechen.

»Jess, was hältst du davon, wenn wir unsere Freundschaft mit einem Handschlag besiegeln?«

»Klar«, erfreut streckte sie ihm schon die Hand entgegen. Nolan hatte Angst vor den Bildern die er gleich sehen würde, aber es musste sein. Kaum hatte Nolan die kleine Hand ergriffen, zogen die grausamen Bilder an ihm vorbei. Er sah Jess, wie sie zusammengekauert auf dem Boden saß und Hiebe mit einem Gürtel erhielt. Immer und immer wieder schoss der Gürtel auf sie herab.

Er hörte Beschimpfungen, die man keinem Menschen sagen sollte, vor allem nicht zu einem Kind. Dann sah er ihren Dad und Nolan war entsetzt.

»Ist alles in Ordnung?, fragte Jess irritiert.

Sie schaute Nolan mit großen Augen an.

Nolan musste sich kurz fangen. Alles war in Bruchteilen von Sekunden abgelaufen, aber Nolan war es wie eine Ewigkeit vorgekommen.

»Ja klar, Jess. Es ist alles in Ordnung.«

Er ließ ihre Hand los. Er brauchte einen Plan.

»Liebst du deinen Dad, Jess?«

Ohne eine Sekunde zu zögern, sagte sie: »Ja klar. Warum fragst du?«

»Lass uns eine Weile durch den Park laufen, dann gehen wir zu mir und danach bringe ich dich nach Hause. Aber eins muss ich dir noch sagen, du wirst nie wieder mit einem fremden Mann irgendwo hingehen. Auch wenn er den süßesten Hund der Welt hat. Bei mir bist du sicher, aber ich kenne Menschen Jess, die meinen es mit Kindern gar nicht gut. Hast du das verstanden? Verspeche es mir!«

»Versprochen ist versprochen und wird nicht gebrochen.« Jess lächelte.

»Gut.«

Nolan brauchte jetzt etwas Bewegung, um besser nachdenken zu können.

»Darf ich Bob halten?«

»Klar darfst du.« Er übergab ihr die Leine.

Sie verbrachten noch eine Weile im Park, dann liefen sie zu seinem Haus. Nolan machte sich Sorgen um Jess, da sie viel zu leicht angezogen war. Es hatte jetzt angefangen, etwas mehr zu schneien.

Als sie bei Nolan ankamen sagte sie ganz aufgeregt: »Du hast es aber schön hier. So einen schönen Vorgarten hätte ich auch gerne.«

Freudig ging sie auf das Haus zu und setzte sich auf Nolans Lieblingsplatz auf der Veranda. Sie war überdacht, deshalb war alles trocken. Nolan schloss das Haus auf und gleich kam Max nach draußen.

»Max schau mal, das ist Jess.«

Jess stürzte sich sofort auf den Kater, und dieser genoss gleich ihre Aufmerksamkeit und legte sich auf den Rücken, damit sie ihm den Bauch streicheln konnte.

Jess lachte und freute sich so sehr. Plötzlich blickte sie traurig auf.

»Was ist Jess?«, fragte Nolan.

»Ich muss jetzt nach Hause, denn jetzt wäre die Schule aus, und wenn ich zu spät komme dann schimpft Dad«, sagte sie traurig. »Ach Nolan ich möchte aber lieber hier bei dir bleiben.«

»Das geht leider nicht, Kleine. Du kannst aber jederzeit hierher kommen. Das habe ich dir ja versprochen, ich werde dir bei all deinen Problemen helfen.«

»Ich habe aber Angst nach Hause zu gehen«, flüsterte sie.

»Du fürchtest dich vor deinem Vater, habe ich recht?«

»Ja«, ängstlich nickte sie dabei.

Nolan kniete sich hin, um mit ihr in gleicher Augenhöhe zu sein und nahm ihre Hand. »Dein Vater wird dir nichts mehr antun, Jess. Das verspreche ich dir auch hoch und heilig. Er wird dich nie wieder anfassen und dir auf irgendeine Weise wehtun. Sollte es so sein, dann komm sofort zu mir und erzähle es mir. Hast du verstanden?«

Jess nickte mit Tränen in den Augen.

»Ok komm. Wir fahren mit dem Auto, du bist viel zu leicht angezogen. Du ziehst dich jetzt in Zukunft etwas wärmer an!«

Wieder nickte Jess nur.

»Max, Bob ab ins Haus mit euch!«

Er schloss die Haustüre ab und sie liefen zur Garage. Jess nannte ihm die Adresse, und Nolan wusste schon wo er hin musste. Es war nicht die angenehmste Wohngegend. Als sie losfuhren, saß Jess schweigsam neben ihm.

»Merke dir den Weg, Jess!«

»Mach ich«, tapfer nickte sie dabei und versuchte ihre Tränen zu unterdrücken.

Keine fünfzehn Minuten später waren sie da. »Hier wohne ich«, sagte Jess leise.

Nolan schaute zu dem Haus und verstand vollkommen, warum Jess da nicht hinwollte. Es war ein großer heruntergekommener Wohnblock. Vor der Eingangstüre hatte sich eine Gruppe Jugendlicher gebildet. Gelangweilt saßen sie auf den Stufen zum Eingang.

»Ist es in Ordnung, wenn ich mit dir reingehe, Jess? Ich möchte gerne mit deinem Vater reden.«

»Das ist keine gute Idee. Er wird schimpfen, denn er sagt immer ich soll mich von Fremden fernhalten.«

Na immerhin das, dachte sich Nolan. So gleichgültig ist ihm seine Tochter wohl doch nicht.

»Mach dir keine Sorgen, Kleine. Das wird er nicht tun.«

Als sie an den Jugendlichen vorbeikamen, rechnete Jess schon mit dummen Kommentaren. Aber die Gruppe machte sofort Platz und sie konnten ungehindert reingehen. Jess hatte Nolans Blick nicht gesehen den er den Jugendlichen zugeworfen hatte, sonst hätte sie wahrscheinlich selbst Angst bekommen. Diese Kälte in den Augen kannte kein Mitleid.

»Wir müssen leider laufen. Der Aufzug ist schon die ganze Zeit außer Betrieb. Wir wohnen hier jetzt seit fünf Jahren und er hat noch nie funktioniert. Wir müssen in den fünften Stock hoch laufen.«

»Ich kann Aufzüge sowieso nicht leiden«, erwiderte Nolan und schaute sich im Treppenhaus um. Unglaublich wie man in so einem Haus wohnen konnte. Überall lag Dreck. Müllsäcke lagen aufeinander geworfen in den Ecken. Ratten hatten hier das reinste Paradies. Nolan entdeckte benutzte Heroinspritzen in einer Ecke neben der Treppe. Das war bestimmt kein guter Ort für Jess, dachte er sich angewidert.

Oben angekommen sagte sie: »Hier wohnen wir, ich und mein Dad.«

Die Wohnungstüre war nicht abgeschlossen, das Schloss war bestimmt schon seit Ewigkeiten beschädigt.

Zögerlich öffnete sie die Türe und betrat die Wohnung. »Dad, bist du da?«

»Wo soll ich sonst sein? Was fragst du so blöd?«

An der Tonlage erkannte sie sofort, dass er wieder getrunken hatte. Er saß in einem schäbigen Sessel mit dem Rücken zu ihnen im Wohnzimmer und schaute in den laut aufgedrehten Fernseher. Einige leere Bierflaschen und eine angefangene Wodkaflasche standen auf dem Tisch vor ihm. »Dad, ich habe jemanden mitgebracht. Es ist Nolan. Er möchte dich gerne kennenlernen.«

Der Vater stand wutentbrannt von seinem Sessel auf. »Was hast du?« Als er sich umgedreht hatte, blieb er wie vom Schlag getroffen plötzlich starr stehen.

»Hallo Steve.« Nolan lächelte ihn dabei kalt an.

»Kennst du meinen Dad?«, fragte Jess überrascht.

»Ja, Jess. Dein Dad und ich, wir kennen uns von früher. Wir gingen in dieselbe Schule.«

Nolan beugte sich zu Jess. »Ich möchte nun, dass du in dein Zimmer gehst. Später werde ich mich noch von dir verabschieden, aber jetzt möchte ich mit deinem Vater kurz alleine reden.« Er strich ihr dabei über den Kopf.

Als Jess den Raum verlassen hatte, konnte sich Nolan nicht mehr beherrschen. »Du gottverdammtes Arschloch.« Dabei stürzte er auf Steve zu und packte ihn am Hals. Er drückte ihn gegen die Wand und es wäre eine Leichtigkeit für Nolan gewesen ihm den Kehlkopf einzudrücken.

Steve röchelte und Nolan lockerte seinen Griff etwas. »Nolan, wie kommst du an meine Tochter? Warum kennt ihr euch?«, fragte er und rang um Luft.

»Wie kann Gott, so einem Versager wie dir, nur so eine wundervolle Tochter schenken. Du hast sie gar nicht verdient, du…« Nolan drückte wieder heftiger zu und Steve war kurz vor der Bewusstlosigkeit. Plötzlich ließ Nolan ihn los. Steve sackte zu Boden und rang erneut nach Luft.

Ein paar Minuten waren verstrichen, als Nolan ihn aufforderte sich in den Sessel zu setzen. Steve rappelte sich auf und setzte sich, ohne ein Wort zu sagen. Diese Augen, die er gesehen hatte, machten ihm Angst, die waren ja fast nicht mehr menschlich.

»Man sieht sich immer zweimal im Leben, Steve. Dass ich dich aber unter diesen Umständen wiedersehe hätte ich nicht gedacht. Heute habe ich deine Tochter kennengelernt und das was ich erfahren und gesehen habe, hat mir gar nicht gefallen, Steve. Du Versager denkst du kannst kleine Kinder schlagen, nur weil du mit deinem verdammten Leben nicht klar kommst. Deine kleine wehrlose Tochter? Schäme dich, Steve!«

Nolan spuckte ihm voller Verachtung vor die Füße. »Ich habe deine Tochter gefragt, ob sie dich liebt. Was denkst du, hat sie gesagt?«

»Sie hasst mich bestimmt.« Steve sackte dabei in sich zusammen, so als würde ihm alles leidtun.

Nolan schrie ihn an: »Nein, Steve. Sie hat gesagt, dass sie ihren Vater liebt. Sie liebt den Vater, der sie auf das Derbste schlägt und misshandelt. Hätte sie das nicht gesagt, würde ich dich jetzt auf der Stelle töten, du würdest jetzt schon in der Hölle schmoren! Gerne hätte ich dir den Kehlkopf eingedrückt. Du hättest es verdient.«

Steve begann zu weinen.

»Was hast du nur aus deinem Leben gemacht, Steve? Deine Frau hast du vergrault, mit deinem Alkohol, und dann bestrafst du noch deine Tochter. Den einzigsten Menschen, der dich wirklich liebt und noch zu dir hält. Du bist so armselig. Das, was du ihr bis jetzt angetan hast, wird sie ihr Leben lang verfolgen. Das kannst du nicht mehr gut machen, denn diese Narben heilen nicht mehr.«

»Doch, ich verspreche es. Nie wieder werde ich ihr wehtun.«

»Ach du denkst, du versprichst mir jetzt, dass du dich änderst. So einfach soll das sein? Das glaubst du doch selbst nicht, Steve.«

»Doch, das werde ich.« Steve weinte erneut nach diesen Worten.

Nolan beeindruckte das wenig. Er setzte sich widerwillig in den Sessel gegenüber und sagte: »Steve ich erzähle dir jetzt eine Geschichte.«

Steve schaute ihn mit großen fragenden Augen an. »Irgendwann in meinem Leben erkrankte ich an einem Gehirntumor. Ich hatte schon mit dem Leben abgeschlossen und in jener Nacht, als mich der Tod holen wollte, trat jemand in mein Leben. Was glaubst du, wer dieser Jemand war?«

»Keine Ahnung. Wer?«, fragte Steve verwundert.

»Es war Teufel.« Nolan lachte und schaute Steve dabei in die Augen. »Er hat mir einen Deal vorgeschlagen. Ich kaufe für ihn Seelen und dafür lebe ich weiter. Und durch einen großen Zufall bin ich jetzt hier bei dir, um mir deine Seele zu holen. Vor einigen Monaten war ich bei Frank in der Pflegeanstalt, in der er vor sich hin vegetierte. Ach, der jetzt übrigens tot ist. Er ist an einem Herzinfarkt gestorben, falls es dich interessiert. Der Arme, keiner hat ihn damals besucht.« Nolan lachte bei dieser Aussage und wurde dann wieder ernst. »Eigentlich wollte ich an diesem Tag seine Seele, aber als ich ihn so sah, dachte ich mir, dass er die Hölle schon hier auf Erden hatte. Ihn hatte Gott schon bestraft. Aber deine Seele, Steve, die will ich haben. Du warst immer schon ein böser Mensch. Klar bei Frank Miller, warst du ein Mitläufer, aber trotzdem warst du dabei. Wer weiß, wem ihr noch alles wehgetan habt. Und bei deiner Tochter hast du dein wahres Gesicht gezeigt. Ein erwachsener Mann, der ein Kind schlägt. Ihr Menschen widert mich an. In den Jahren, in denen ich für den Teufel arbeite, habe ich Dinge gesehen, die mich immer wieder aufs Neue entsetzt haben. Der Mensch ist das einzige Wesen auf dieser Erde, dem es Freude bereit, einem anderen Wesen weh zu tun. Bei keinem Tier wirst du so etwas erleben, bei keinem, nur beim Menschen.« Nolan schüttelte angewidert den Kopf, dabei stand er auf und zündete sich eine Zigarette an.

»Nochmal zurück zu uns. Das was ich dir jetzt anbiete, mache ich nur für Jess. Hörst du! Wenn es nur nach mir ginge, würde ich dich auf der Stelle töten und mir deine Seele sofort nehmen. Du wirst jeden Monat eine Summe von 3000 Dollar auf deinem Konto haben. Ich verlange, dass du für euch eine ordentliche Wohnung in einer guten Gegend findest und Jess in eine gute Schule geht. Sie hat mir erzählt, dass sie gerne Tierärztin werden möchte, das soll sie auch ermöglicht bekommen. Jess wird es an nichts mangeln, hörst du. Wenn dir nur ein einziges Mal die Hand ausrutscht, dann bin ich bei dir. Das schwöre ich dir, dann wird deine Seele schon früher in der Hölle schmoren.« Nolans Augen veränderten sich, sodass für Steve kein Zweifel daran bestand. Ängstlich hörte Steve weiter zu. »Allerdings kommt für dich jetzt der Haken, bei dieser Geschichte. Ich denke mal, Jess braucht dich vielleicht noch 12 Jahre. Das heißt, wenn sie ihren vierundzwanzigsten Geburtstag feiert, dann wirst du sterben. Deine Seele gehört ab diesem Tag dem Teufel. Das ist der Deal.« Fassungslos schaute Steve zu Nolan hoch. »Ich verstehe das alles nicht.« »Was verstehst du nicht, Steve. Wenn du auf diesen Vorschlag nicht eingehst, dann wird Jess so wie du in der Gosse enden. Denkst du sie hätte eine gute Zukunft vor sich. Du hast die Verantwortung für dieses Kind und eine andere Möglichkeit gibt es für dich nicht. Einfacher kannst du es nicht haben, nur deine Seele musst du dafür verkaufen. Wie gesagt, ich tue das nur Jess zuliebe, bestimmt nicht für dich. Du bist für mich ein Nichts. Ach und da wäre noch etwas. Es wird keinen Schluck Alkohol mehr in deinem Leben geben. Hast du verstanden? Keinen Schluck!«

Steve nickte nur. Das Nicken war für Nolan ein Einverständnis für den Deal.

»Steh auf und lass uns den Pakt per Handschlag besiegeln!« Steve erhob sich schwermütig von seinem Sessel und streckte Nolan zögerlich die Hand entgegen. Nolan nahm seine Hand und wieder schossen in Sekundenschnelle Bilder durch seinen Kopf. Viele davon kannte er schon. Er sah sich von damals, Jess und die Gewalttaten gegen Steves Frau. Er ließ die Hand los und der Pakt war besiegelt. Steve hatte die Hölle verdient.

Nolan riss sich zusammen. »In einer Woche hast du eine neue Wohnung gefunden, ist das klar? Das ist eine Zumutung für ein Kind, hier in diesem Dreck zu leben. Die erste Zahlung von mir wird etwas größer ausfallen, damit du eine Kaution und die neuen Möbel zahlen kannst. Mit dem Geld wird kein Unfug getrieben, das Geld soll nur deiner Tochter zugutekommen. Ich werde dich beobachten, Steve. Ich bin in deinen Gedanken und werde jeden Schritt den du machst kennen.«

Steve nickte nur.

»Morgen hast du das Geld auf deinem Konto. Jetzt gehe ich mich von deiner Tochter verabschieden.«

Nolan verließ das Zimmer und ging zu Jess. Sie saß wie ein Häuflein Elend auf ihrem Bett und blickte hoch, als Nolan in ihr Zimmer kam. »Was habt ihr gesprochen?«, fragte sie neugierig.

»Also, ich habe mit deinem Vater ein paar Dinge ausgemacht. Er wird dir nie wieder wehtun, Jess. Das verspreche ich dir. Ihr werdet bald in eine neue Wohnung ziehen, die in einer besseren Gegend liegt und du wirst in eine gute Schule gehen. Dein Leben wird sich ab heute vollkommen verändern, Kleines.«

»Wie hast du das gemacht?«, fragte sie ihn und schaute ihn mit großen Augen an, dann lächelte sie zaghaft.

»Das ist ein kleines Geheimnis zwischen mir und deinem Dad«, antwortete Nolan grinsend.

»Verstehe, es ist ein Geheimnis zwischen Erwachsenen.« Jess stand jetzt auf und umarmte Nolan um die Hüfte. Nolan ging in die Hocke und nahm Jess in die Arme. Nolan erfuhr zum ersten Mal in seinem Leben, was Gefühle für ein Kind bedeuteten. Er empfand tiefste Zuneigung, aber auch Ängste kamen in ihm hoch.

Jetzt wusste er, wie eine Mutter fühlen musste, wenn sie sich Sorgen um ihr Kind machte. Nolan wusste in diesem Moment ganz genau, dass er alles für die Kleine tun würde, um sie zu beschützen.

»Jess, ich muss jetzt dann los. Wenn du irgendwelche Probleme hast, kannst du immer zu mir kommen. Du weißt ja wo ich wohne und egal um welche Uhrzeit, ich bin immer für dich da. Bob und Max freuen sich bestimmt auch auf dich.« Jess nickte und hatte Tränen in den Augen.

Nolan stand auf. »Ach und sobald ihr in eure neue Wohnung zieht, oder vielleicht ist es ja ein kleines Haus, dann kommst du gleich bei mir vorbei. Denn da habe ich eine große Überraschung für dich, die dich sehr erfreuen wird.«

»Echt, was denn?«

»Hey, ich sagte doch dass es eine Überraschung ist.«

Jess grinste über beide Backen. Nolan lachte noch, dann verließ er die Wohnung.

Steve wartete bis Nolan die Wohnung verlassen hatte, danach griff er sofort zu der angefangenen Wodkaflasche, die er heute Morgen geöffnet hatte. Als er gerade ansetzen wollte, überkam ihn eine nie gekannte Übelkeit, die ihn dazu brachte sich zu übergeben. Jess war ins Zimmer gekommen und brachte ihm einen Eimer.

»Lass nur Jess, es ist schon vorüber. Es wird keinen Wodka mehr geben, das verspreche ich dir.«

Er schaute sie an, wie sie so da stand, mit dem Eimer in der Hand. Und er lag auf dem Boden in seinem Erbrochenen. Steve schämte sich so in diesem Moment, dass er in Tränen ausbrach. »Jess, für uns beide wird jetzt ein ganz anderes Leben kommen. Wir beiden schaffen das schon.«

»Ja Dad, wir schaffen das.«

Obwohl er voll mit Erbrochenem war, umarmte ihn seine Tochter und küsste ihn auf die Wange.

»Ach mein Mädchen. Es tut mir alles so leid, ich schäme mich so, dass ich dir so ein schlechter Vater war.« Während er Jess im Arm hielt, bedankte er sich in Gedanken bei Nolan.

Zufrieden lief dieser zu seinem Auto zurück. Nie gekannte Gefühle hatten ihn überkommen und er musste zugeben, es war schön. Sein eigentliches Anliegen hatte er an diesem Tag nicht erledigt, aber es gab ja noch andere Tage. Diesen Tag wollte er genießen.

10.Kapitel

Der Arzt

Dezember 2014

»Das Anwesen des Teufels«, sagte Nolan laut.

Er saß jetzt schon zwei Stunden im Auto und wartete vor einem großen Anwesen, das nur durch ein elektrisches Tor zu erreichen war.

Nolan hatte einige Tage vor dem Krankenhaus gewartet, um Dr. Winterster abzupassen. Gestern war es ihm gelungen und er war ihm hinterhergefahren, um zu sehen wo der Arzt wohnt. Das Haus stand in einem Vorort von Detroit. An den Polizeistreifen, die die ganze Zeit vorbeifuhren, erkannte man, dass hier in dieser Gegend reiche Menschen wohnten. Langsam wurde es auch Nolan kalt und es war bereits dunkel. Durch ein Telefonat mit dem Krankenhaus am Morgen wusste Nolan, dass der Arzt heute Frühdienst hatte. »Verdammt, wo bleibt er denn. Wie kann man nur so lange arbeiten?«, schimpfte Nolan vor sich hin.

In der Zeit in der er warten musste, machte sich Nolan Gedanken über den Arzt. Er wusste nichts Privates über ihn: ob er verheiratet war oder ob der Arzt Kinder hatte.

Nolan musste gähnen. Wie gern wäre er jetzt bei Bob und Max, aber er musste die Sache jetzt endlich aufklären- das Geheimnis, das den Arzt umgab.

Dann endlich fuhr ein Auto langsam her. Das musste er sein, dachte sich Nolan. Er hatte recht, das elektrische Tor öffnete sich automatisch. Als der Wagen das Tor passiert hatte, stieg Nolan schnell aus seinem Auto und lief noch durch das Tor durch, bevor es sich wieder hinter ihm schloss. Er musste noch 150 Meter gehen, bis er das Gebäude sah. Das Haus war durch hohe Hecken von der

Straße gut abgeschirmt, so konnte man es von der Straße aus nicht sehen.

Der Arzt parkte direkt vor dem Haus und Nolan erkannte, dass er noch im Wagen mit einem Handy telefonierte. Wenige Minuten später stieg er aus.

Nolan betrachtete das Gebäude und staunte, dass sich ein Arzt so ein großes und luxuriöses Haus leisten konnte. Es würde eher zu dem Präsidenten von Amerika passen, als zu einem Arzt. Nolan suchte sich eine geeignete Stelle und zündete sich eine Zigarette an.

Dr. Winterster schloss die Türe auf und wurde gleich von seiner Frau begrüßt. »Schatz hattet ihr schon wieder einen Notfall in der Klinik? Oder wo warst du so lange? Das Essen, das Maria gekocht hat ist schon kalt.«

»Es tut mir leid, Diana, aber wir hatten eine schwere Operation, die sich sehr hingezogen hat.«

»Verlief die Operation wenigstens gut?«, fragte sie besorgt.

»Du weißt doch mein Schatz, das was Dr. Peter Winterster in die Hand nimmt, geht immer gut.« Dabei tätschelte er ihr die linke Wange und küsste sie dann auf die Stirn.

Trotz Dianas hohen Schuhen musste er sich dabei etwas nach vorne beugen. Misstrauisch vernahm Diana den fremden Frauenduft an Peter, verdrängte aber den Gedanken der sie beschlich, gleich wieder. Diana lachte.

»Das stimmt. Jetzt komm ins Esszimmer, ich mache dir das Essen warm. Maria ist leider schon weg. Ich hoffe es schmeckt auch aufgewärmt gut.«

»Ich gehe noch kurz ins Bad hinauf, dusche schnell und dann komme ich, Schatz.«

Als Peter halb auf der Treppe war, sagte sie: »Ach Peter, heute ist wieder so ein Tag. Du weißt ja, wegen dem Baby«, verlegen lächelte sie dabei.

Peter nickte nur und drehte sich um. Als er oben war und im Badezimmer stand, schaute er in den Spiegel und sprach mit seinem Spiegelbild. »Peter, Peter es sollte langsam was passieren. Wie lange willst du das noch mitmachen?«

Peter hasste seine Frau, er verabscheute sie schon fast die ganzen zehn Jahre, die sie verheiratet waren. Manchmal waren kleine Momente da gewesen, in denen er gedacht hatte, es könnte vielleicht doch etwas werden. Aber schnell waren sie wieder verpufft, da sie eine nervige Art an sich hatte, mit der Peter nicht zurecht kam. Peter hatte sie nur geheiratet, um beruflich weiter zu kommen. Diane kam aus einem sehr guten Hause und das hatte Peter im Berufsleben vieles erleichtert. Türen die für ihn verschlossen geblieben wären, hatten sich geöffnet.

Seit einem Jahr wollte sie schon ein Baby, aber es kam nicht zu einer Schwangerschaft. Deshalb musste Peter immer und immer wieder an ihren fruchtbaren Tagen, mit ihr schlafen. Es widerte ihn an. »Hoffentlich bekomme ich ihn heute überhaupt noch hoch. So gut wie Schwester Beatrice heute war.« Er lachte sein Spiegelbild an und er dachte an den heutigen Nachmittag zurück.

Er schloss die Augen und alles spielte sich nochmal im Geiste vor seinen Augen ab. Er spürte nochmals ihre nackten warmen Schenkel, die sich wie ein Schraubstock um seine Hüften geschlossen hatten, als er sie stehend und gegen die Wand gedrückt, gefickt hatte. Ganz fest hatte er immer und immer wieder zugestoßen, bis sie beide zum Höhepunkt gekommen waren. Es war beiden egal gewesen, ob sie jemand entdecken könnte.

Peter öffnete die Augen und das Jetzt hatte ihn wieder. Es schüttelte ihn bei dem Gedanken, was nachher passieren würde.

Vielleicht geschieht ja noch ein Wunder?

Er ging unter die Dusche und versuchte die Gedanken mit warmem Wasser abzuwaschen. Etwas besser gelaunt stieg er aus der Dusche, als er von unten seine Frau rufen hörte. »Schatz, kommst du bitte nach unten. Hier ist Besuch für dich.«

»Verdammt, wer ist das denn um diese Zeit?«, fluchte er laut vor sich hin.

Hastig zog er sich seinen blauen Bademantel über und schlüpfte in seine Hausschuhe. Als er die Treppe runterlief sah er den Besucher, und Ärger zeigte sich in seinem Gesicht. Dieses Gesicht kannte er doch.

»Peter, dieser Mann sagte, er möchte mit dir reden.« Besorgt schaute Diane ihren Mann an.

»Schon gut, Diane.«

Peter ging auf Nolan zu, vermied es aber ihm die Hand zu reichen. »Darf ich fragen um was es geht, Mister…?«, fragte er und wusste aber genau warum der Fremde hier war. »Braddly, Nolan Braddly. Aber könnten wir das unter vier Augen besprechen«, fragte Nolan und sah dann zu Diane rüber. »Ja, wir gehen in mein Arbeitszimmer. Ich hoffe Sie stören sich nicht an meiner Bekleidung, aber ich habe heute nicht mit Besuch gerechnet.«

Nolan musste sich ein Schmunzeln verkneifen. »Kein Problem, ich möchte auch nicht lange bleiben.«

»Diane bitte störe uns die nächste Zeit nicht!« Peter sah Nolan in die Augen. »Kommen Sie mit.«

Nolan folgte Peter in einen Raum, den Peter sein Arbeitszimmer nannte. Nolan staunte, als er den Raum betrat, es war fast wie eine Bibliothek in einem College. Ein riesiger Raum mit großen Regalen, die voller Bücher waren. Wie kann ein einziger Mann so viele Bücher besitzen?

»Diese Bücher haben Sie aber nicht alle gelesen?«

Der Arzt lachte. »Nein nicht alle, aber die Hälfte davon bestimmt.«

Nolan sah sich weiter in dem Raum um. Wertvolle Gemälde schmückten die Wände und das Mobiliar bestehend aus wertvollen Antiquitäten, aber nicht so wie bei Mrs. Baker, nein, viel wertvoller. Hier waren Gegenstände im Raum, die fast unbezahlbar waren. Der Boden war mit kostbaren, Teppichen ausgelegt. Ein Arzt, auch wenn er noch so gut war, konnte sich das nicht einfach so leisten.

Peter holte Nolan aus seinen Gedanken. »Was wollen Sie mit mir bereden?«

Nolan räusperte sich kurz um wieder klare Gedanken zu fassen. »Ich möchte mit Ihnen reden, das ist alles, einfach unterhalten. Können wir uns vielleicht setzen, Peter?«

Peter nickte und führte ihn zu einer Ecke des Raumes, indem er sich eine Lounge eingerichtet hatte. Zwei große lederne Ohrsessel und eine Bar luden dazu ein, es sich hier bequem zu machen. Nolan betrachtete die Bar und staunte. »Oh, so viele verschiedene Whiskeysorten habe ich noch nie gesehen. Die haben bestimmt ein Vermögen gekostet.«

»Es hielt sich in Grenzen«, misstrauisch schaute er Nolan dabei an, der sich gerade in einen Sessel setzte. »Da Sie es sich gerade gemütlich machen, darf ich Ihnen einen Whiskey anbieten und vielleicht eine Zigarre dazu?« Es klang etwas ironisch, deshalb sagte Nolan gutgelaunt zu und lachte.

»Sehr gerne, Peter.«

Der Arzt ging zur Bar, füllte zwei Gläser und nahm eine Zigarrenkiste aus einer Schublade. Er stellte erst die Gläser auf dem antiken Tischchen ab, und dann bot er Nolan eine

Zigarre aus der Schachtel an. »Bedienen Sie sich, es sind die besten Zigarren, die ich in meiner Sammlung habe.«

»Sehr gerne, danke.« Nolan nahm sich eine Zigarre, roch daran, kniff sie am Mundstück ab und zündete sie an. Genussvoll zog er den Rauch ein und beim ausatmen sagte er: »Peter, das ist ein feines Stück.«

Peter mochte Menschen, die einen guten Geschmack besaßen. Er setzte sich jetzt Nolan gegenüber in den Sessel und tat es Nolan gleich. Schweigend saßen sie da und genossen ihre Zigarren. Bis Peter die Ruhe brach und fragte: »Darf ich jetzt vielleicht den Grund erfahren, warum du hier bist?« Nolan lachte. »Es ist schön, dass wir nicht mehr so förmlich miteinander reden. Da wir schließlich den gleichen Arbeitgeber haben, finde ich die persönlichere Anrede auch passender. Warum bin ich hier?«, dabei zog Nolan an seiner Zigarre. »Das kann ich so direkt auch nicht beantworten. Ich wollte dich einfach persönlich kennenlernen.«

Peter überlegte. »Wir haben uns schon mal im Krankenhaus gesehen. Ich kann mich an dich erinnern. Du bist im Krankenhausflur gewesen, als die kleine Sarah aus dem Koma erwacht ist. Als sich unsere Blicke getroffen haben, wusste ich sofort, dass mit dir etwas anders war.«

Nolan nickte und griff nach seinem Glas. »Und genau das Gleiche habe ich auch gespürt. Aber ich habe viel mehr gespürt als du, Peter. Ich habe Böses gespürt, sehr viel Böses.« Nolan schaute Peter kalt in die Augen. »Wir beide arbeiten für den Teufel, Peter. Nur nimmst du dir in meinen Augen, die falschen Seelen. Du nutzt die Machtlosigkeit der Eltern aus, die Angst um ihre Kinder haben, die Angst haben, ihre Kinder für immer zu verlieren. Wie kannst du das mit deinem Gewissen vereinbaren? Ich könnte es nicht. Meine Seelen haben es verdient, es sind Verbrecher,

Drogenabhängige die für Geld töten würden und getötet haben.«

Peter schaute Nolan an und wurde zornig. »Es kann dir egal sein, wie ich zu meinen Seelen komme. Das ist eine Sache zwischen mir und dem Teufel. Du denkst, du bist was Besseres? Das denkst du, ja? Da irrst du dich aber gewaltig, mein Freund. Hinter jedem Verbrecher, steckte mal eine unschuldige Seele.«

Nolan stand auf und ging im Zimmer ein paar Schritte hin und her. »Es ist etwas anderes. Als ich vor ein paar Monaten im Supermarkt war, da nahm ich durch Zufall die Hand eines kleinen Mädchens in die meine. Caroline. Durch unsere Gabe sah ich in Bruchteilen von Sekunden, wie du die Seelen ihrer Eltern genommen hast, damit ihre Tochter wieder gesund wird. Ich habe die Verzweiflung der Eltern gespürt und ihre Tränen gesehen. Jede Mutter und jeder Vater würde so einen Pakt eingehen. Du machst es dir in dieser Hinsicht sehr leicht, und das ist nicht in Ordnung, Peter. Ich habe diese Mutter vor dir gewarnt, sie wird nicht in euer Krankenhaus kommen.« Nolan wurde immer lauter. »Als mir der Teufel damals begegnet ist, hat er zu mir gesagt, dass ich mich stolz fühlen könnte, denn er würde nicht jeden auswählen. Warum hat er dich ausgewählt? Warum einen Menschen, der unschuldigen Eltern die Seele raubt?« Aufgebracht setzte sich Nolan wieder auf den Sessel und leerte sein Glas in einem Zug.

Es entstand eine kurze Stille, bis Peter sich räusperte. »Also ich bin nicht der Meinung, dass ich Böses begehe. Wenn ich nicht gewesen wäre, dann wären viele unschuldige Kinder gestorben. Es gibt leider nicht für alle eine Heilung. Man nennt uns zwar die Götter in Weiß, aber wir sind keine Götter die Wunder vollbringen können. Wir können nur unser Bestes geben, und das was die heutige Medizin hergibt, aber wie gesagt, Wunder können wir keine bewirken. Erst wenn ich erkannt habe, dass es für diese Kinder keine Heilung gibt, dann bin ich an die Eltern getreten und habe ihnen diesen Pakt angeboten. Wenn sie es für richtig empfinden, warum soll ich es dann nicht tun. Soll ich die Kinder sterben lassen, wenn ich doch diese Macht habe sie zu heilen. Aber du weißt, wir können nur heilen, wenn wir dafür Seelen bekommen. Stell dir doch die Frage, wenn du an meiner Stelle wärst, würdest du es denn anders machen?« Peter schaute Nolan in die Augen.

»Ja, ich würde es nicht tun. Du weißt genau, wenn die Kinder sterben, werden sie aufgefangen und es geht ihnen gut. Aber den Eltern bescherst du auf Ewigkeiten die Verdammnis in der Hölle, und das haben diese unschuldigen Menschen nicht verdient. In diesem Punkt denkst du nur an dich. An dein Soll an Seelen, das du brauchst und erfüllen musst.«

»Ach ja, mache ich das? Dann ist es mir egal. Der Teufel hat gesagt, dass ich verfahren kann wie ich möchte. Ach und übrigens, nicht alle Elternteile waren so gut, wie du es annimmst. Auch ich habe in so manche böse Seele geblickt. Das kannst du mir glauben, Nolan.«

Wieder war es still im Raum und Nolan ordnete seine Gedanken.

»Erzähle mir deine Geschichte, Peter. Wie bist du an den Teufel geraten? Warst du todkrank? Oder wie ist er zu dir gekommen?«

Peter stand auf, ging zur Bar und brachte die Flasche Whiskey an den Tisch. »Das kann etwas länger dauern, trink noch einen Whiskey, Nolan. Und bediene dich ruhig noch an den Zigarren.«

Dieses Mal war keine Ironie zu hören und Peter setzte sich wieder. »Wo soll ich anfangen? Meine Kindheit war nicht die leichteste. Ich wollte nicht das Leben meiner schwer arbeitenden Eltern übernehmen. Mein Vater hatte eine Bäckerei und schuftete hart, für wenig Geld. Oft musste ich mithelfen und stellte fest, dass dies nicht mein Leben sein wird. Ich bemühte mich sehr die High School gut zu meistern und habe es auch geschafft. Allein und ohne Unterstützung der Eltern habe ich das College besucht. Fast jede Nacht habe ich gearbeitet, um es zu finanzieren. Es war eine sehr harte Zeit und es erschwerte mir das Lernen. Durch meine schnelle Auffassungsgabe habe ich es aber trotzdem mit sehr guten Noten geschafft. Als ich damals mit meinem Studium fertig war und meinen Doktor gemacht hatte, dachte ich, jetzt liegt mir die Welt zu Füßen, nun werde ich reich werden. Aber ich wurde nicht mit Geld reich, sondern an Erfahrung. Wenn du aus dem Nichts kommst und kein Vitamin B hast, dann bringst du kaum einen Fuß nach oben. Das änderte sich, als ich Diane heiratete, denn ihr Vater war ein einflussreicher Mann und er ermöglichte mir damals, im Rosella J. Boyle Medical Center, als Kinderarzt in der Krebsstation anzufangen. Durch die Heirat veränderte sich mein Leben in finanzieller Lage sehr positiv. Aber da ich Diane nie geliebt habe, wurde ich privat nie so richtig glücklich. Klar, in beruflicher Hinsicht war ich glücklich, aber sobald ich nach Hause kam, hatte sich mein Herz zusammengezogen. Ich wusste aber, wenn ich diese Frau verlassen würde, wäre meine Karriere ruiniert und ich würde nie wieder in einem Krankenhaus Fuß fassen. Dianes Vater hätte dafür gesorgt, ich glaube selbst er hat einen Pakt mit dem Teufel geschlossen.«

Nolan griff nach einer Zigarre. »Wie ging es dann weiter?«, fragte er dabei.

»Es sind jetzt zehn Jahre, dass ich mit Diane verheiratet bin. Am Anfang lief alles einigermaßen gut, und ich konnte damit Leben, dass ich sie nicht liebte. Aber sie merkte es irgendwann und tyrannisierte mich ständig, sie sagte immer wieder erneut, dass ich doch ein Nichts ohne sie sei. Dass sie mich fertig machen würde, falls ich sie verlassen sollte. Ab da an wurde mein Hass immer größer gegen sie und dann besorgte ich mir eine Pistole. Es gab zwei Möglichkeiten. Entweder ich tötete sie oder mich selbst. Ich entschloss mich dazu, mich selbst umzubringen. Es war eine Horrorvorstellung im Gefängnis zu landen. Eines Tages, es war etwa dreieinhalb Jahre nach unserer Hochzeit, war es soweit. Ich war es müde, unendlich müde, ständig nach ihrer Pfeife zu tanzen. Diane war ein paar Tage verreist und es war ein guter Zeitpunkt. Ich wollte, dass sie mich tot auffindet, wenn sie nach Hause kam. Der Abschiedsbrief den ich ihr hinterlassen hatte, sollte ihr ein schlechtes Gewissen bereiten. An diesem Abend saß ich am Esszimmertisch und legte gerade die Pistole an meiner Schläfe an, als er mir dann erschien. Da ich die Augen geschlossen hielt, konnte ich ihn erst riechen, diesen merkwürdigen Geruch und dann sah ich ihn. Es war wie ein Traum, so unwirklich. Er hat mir dann gesagt, dass er es nicht für richtig findet, dass ich jetzt sterbe, und vor allem nicht wegen einer Frau. Was ist schon eine Frau, hatte er gesagt und dabei gelacht. Dieses Lachen habe ich heute noch in den Ohren. Ich könnte noch so viel auf dieser Erde bewirken. Er würde mir einen guten Vorschlag machen, wenn ich für ihn ein Seelenfänger werden würde. Ich wäre Unabhängig von allem, könnte Macht über die Menschen haben und mir alles nur Erdenkliche leisten. Allerdings, du kennst ja das Spiel, wollte er meine Seele dafür haben. So habe ich es getan und jetzt sitze ich hier mit dir. Das Beste war, als er meine Hand genommen hatte um den Pakt zu beschließen, dass ich ab diesem Moment vor Selbstbewusstsein strotzte. Alle anderen waren mir plötzlich egal, ich hatte das Gefühl, dass nur noch ich zählte. Eine wohlige Wärme hatte meinen Körper durchflutet. Oft wünsche ich mir diese Wärme zurück, die ich in diesem Moment gefühlt habe. Diese Geborgenheit. Die Welt ist manchmal so kalt, Nolan.«

Nolan nickte. »So habe ich es auch empfunden, diese Wärme und diese Energie die durch den Körper ging. Ja und jetzt sitzen wir hier.«

Peter lehnte sich zurück und zog an seiner Zigarre. Eine kurze Pause trat ein und keiner sagte etwas.

Nach einer Weile unterbrach Nolan die Stille. »Aber warum hast du dich für diese Seite entschieden, du hättest es so wie ich machen können. Die Bösen dieser Welt in die Hölle schicken. Warum Unschuldige?«

Peter schüttelte den Kopf. »So erreichte ich meinen Ruhm als Arzt, mir ging es nicht unbedingt um die Seelen. Ich wollte erfolgreich sein und Achtung von den anderen Ärzten haben. Es ihnen zeigen, dass ich es auch ohne fremde Hilfe zu etwas bringen kann. Viele Kinder wurden wieder gesund und plötzlich hatte jeder Achtung vor mir. Vor Dr. Peter Winterster. Selbst meine Frau war plötzlich netter zu mir. Durch meine Macht, konnte ich mir alles leisten was ich wollte. Du weißt ja, wer den Teufel im Rücken hat, hat nie wieder Geldprobleme. Klar ich konnte nicht alle Patienten heilen, sonst wäre es vielleicht aufgefallen. So rettete ich im Schnitt jedes dritte Kind vor dem Tod. Und ich weiß nicht was du willst, ich habe das Leben von Kindern gerettet.«

»Wie hast du es den Eltern beigebracht, dein Vorhaben? Wie konntest du sie überzeugen?«, fragte Nolan.

»Ich habe gesagt wie es ist, dass ich ihr Kind retten kann, wenn ich dafür von beiden Elternteilen nach ihrem Tod, die Seele bekomme. Aber dafür können sie ihr Kind aufwachsen sehen und vielleicht noch ihre Enkelkinder. Und glaube mir, wenn du so einen Satz hörst, denkst du nicht weiter, was dich nach dem Tod erwartet. Und sie mussten Versprechen, kein Wort an Fremde zu verlieren, sonst würde ihr Tod sofort eintreten. Ich hatte nie ein schlechtes Gewissen dabei.«

»Ich finde es nicht richtig, was du da tust, Peter. Als ich diese Macht bekommen habe, wusste ich sofort wer meine Opfer werden sollten. Verbrecher die es verdient haben, aber keine Unschuldigen.«

Peter schenkte sich noch einen Whiskey ein und fragte Nolan dann: »Hast du eigentlich Angst vor der Hölle?«

Nolan musste nicht lange nachdenken. »Ja das habe ich, aber immer wenn mir der Gedanke kommt, verdränge ich ihn. Wenn es soweit ist, kann ich mir immer noch Gedanken machen. Wie ist es bei dir? Hast du Angst?«

Peter überlegte kurz. »So geht es mir auch. So wird es auch bei den Eltern gewesen sein, im ersten Moment, machst du dir keine Gedanken. Diese Gedanken kommen erst mit den Jahren. Warum hast du damals zugesagt, Nolan?«

»Ich hatte Krebs im Endstadion, und als ich im Krankenhaus zum Sterben lag, da hätte ich nach jedem Strohhalm gegriffen, der mich vom Tod rettet. So hatte ich mich gefreut, dem Tod entronnen zu sein. Aber wenn ich jetzt so überlege, was hat es gebracht, sterben werde ich auf jeden Fall irgendwann.«

»Das stimmt, Nolan. Auch wir werden irgendwann sterben müssen. Dann sehen wir uns in der Hölle wieder. Ich glaube der Whiskey macht uns sentimental.«

Beide machten sich eine kurze Zeit Gedanken über das, was sie geredet hatten.

Peter ergriff als erster wieder das Wort. »Ach Nolan, wie war das mit der kleinen Sarah damals. Hattest du da deine Finger im Spiel? Es grenzte an ein großes Wunder, dass die Kleine aus dem Koma erwacht war. Die Ärzte hätten die Apparate noch am selben Tag ausgeschaltet. Es war nicht meine Station, die anderen haben mich nur dazu gerufen, weil alles so skurril war. Die Kleine war hellwach und kerngesund, so als wäre nie etwas geschehen. Ich wusste sofort, dass da was Höheres im Spiel war.«

Nolan lachte lauthals heraus. »Ja das war ich. Obwohl besser gesagt, das war unser Chef persönlich. Mich hatte er beauftragt, den Priester der die kleine Sarah angefahren hat, dazu zu bringen, dass er sich das Leben nimmt. Das war der Deal, damit sie wieder gesund wurde. Das war ein Spaß muss ich sagen, denn dieser Mann hatte es verdient.«

»Aber siehst du Nolan, du sagst er hatte es verdient. Er hat doch die Kleine nicht mit Absicht angefahren, es war ein dummer Unfall. Er war zur falschen Zeit am falschen Ort. Durch diesen Unfall, war er doch kein schlechter Mensch. Es hätte jedem anderen auch passieren können. Selbst dir, Nolan.«

»Doch das war er, er hat keinerlei Hilfe geleistet. Das war sein Fehler, er wollte alles unter den Teppich kehren und dann bei Gott ein Unschuldslamm spielen. Ich hätte zu der Tat gestanden und hätte alles mir möglich getan, damit der

Kleinen geholfen wird.« Nolan war wütend geworden und eine Weile war nur das Ticken der kostbaren Standuhr zu hören.

Als er sich etwas beruhigt hatte, fragte er: »Bekommst du auch Aufträge durch deine Träume, Peter?«

»Nein, ich hatte bis jetzt noch keinen Traum, Nolan.«

»Merkwürdig, zu mir hat er es damals gesagt, dass er sich mir manchmal über Träume zeigen wird.«

»Nein das war bei mir nicht so. Vielleicht sieht er dich doch etwas anders als mich. Er hat in dir die gute Seite gesehen. Vielleicht bist du dafür ausgesucht, die Bösen zu jagen.« Peter lachte dabei und zeigte seine gepflegten Zähne.

»Also ich muss sagen, Nolan, als ich dich hier gesehen habe, hat mich ein Zorn überkommen. Aber jetzt finde ich es gut, dass du da bist. Es tut gut mit dir darüber zu reden, auch wenn wir unterschiedliche Ansichten haben. Du weißt ja selbst, sonst kannst du dich keinem anvertrauen. Nicht mal deiner eigenen Ehefrau. Nolan wenn du willst, bist du zu jeder Zeit bei mir willkommen. Wir könnten öfter zusammensitzen, uns eine Zigarre gönnen und einfach so über Gott und die Welt reden.« Peter lachte wieder als er Gott erwähnt hatte. »Vielleicht sollte ich Teufel sagen.«

»Das wäre wohl angebrachter«, sagte Nolan und lachte auch.

»Peter kann ich dich davon abbringen von dem was du tust?«

»Nein Nolan! Das ist die Angelegenheit von mir und dem Teufel. Da kannst du dich nicht einmischen und du sollst dich auch nicht einmischen. Wie gesagt, vielleicht hat er dich nur deshalb genommen, weil du ein gutes Herz hast. Aber er hatte sicherlich einen guten Grund um mich zu nehmen, oder?«

Nolan überlegte und dann nickte er. »Es wird wohl alles seinen Grund haben, Peter. Egal welches Spiel der Teufel und Gott spielen, wir sind nur die Figuren in diesem Spiel.«

Lange saßen die beiden noch zusammen, aber dann wurde es spät und Nolan verabschiedete sich.

An der Türe stellte Peter noch eine Frage: »Nolan, würdest du dich wieder so entscheiden, wenn du in der gleichen Situation wie damals wärst. Würdest du den Pakt mit dem Teufel nochmals schließen?«

Nolan überlegte kurz. »Ich kann dir diese Frage gerade nicht beantworten, Peter. Du? Würdest du es wieder tun?« »Ja«, antworte Peter sofort ohne zu überlegen. »Immer wieder.«

Peter lachte plötzlich und flüsterte: »Ach Nolan du hast heute Abend ein Wunder bewirkt, meine Frau ist wohl schon im Bett und schläft.«

Nolan sah ihn fragend an und Peter lachte erneut. »Das musst du jetzt nicht verstehen, Nolan.«

Er klopfte Nolan auf die Schulter und sie verabschiedeten sich.

Als Nolan in seinem Wagen saß und auf der Heimfahrt war, machte er sich noch Gedanken über das Gespräch. Peter hatte recht gehabt, es hatte wirklich gutgetan mit jemanden zu reden, und er würde das Angebot mit den Zigarren bestimmt annehmen. Er konnte die Frage von Peter, ob er den Pakt nochmals eingehen würde, trotz langem Überlegen noch nicht beantworten. Er wusste es wirklich nicht. Er hätte viele Dinge nicht erlebt, wenn er damals nicht zugesagt hätte. Vielleicht konnte er ihm beim nächsten Besuch eine Antwort geben.

11.Kapitel

Schlechtes Gewissen

Januar 2015

Bob sah Nolan fragend an, als es an der Haustüre klingelte. Es klingelte selten jemand bei ihm und Nolan wunderte sich. »Wer kann das denn sein, Bob?«, fragte Nolan und ging zur Türe. Als er sie öffnete war er überrascht. Jess stand vor ihm.

»Hallo Nolan.« Jess strahlte ihn dabei an. »Du hast gesagt, dass ich dich immer besuchen kann, wenn ich möchte. Und jetzt bin ich hier.«

»Hallo Jess, das freut mich aber. Komm rein.«

Jess drehte sich um und winkte einem Wagen zu, der auf der Straße stand. »Mein Vater und ich haben ausgemacht, dass, falls du daheim bist, er mich in zwei Stunden wieder abholen kommt. Er hat gesagt ich soll dich lieber alleine besuchen. Dann könnten wir besser quatschen hat er gemeint. So wie Freunde.«

Nolan lachte. »Ok Jess, das freut mich. Komm rein meine kleine Freundin.«

Freudig betrat Jess das Haus, und Bob und Max kamen ihr gleich entgegen. Übermütig sprang Bob ihr an den Beinen hoch. Jess freute sich sehr darüber. »Ach, wie habe ich dich vermisst Bob und natürlich auch dich, Max.«

»Jetzt lasst mal das Mädchen in Ruhe. Komm Jess ich mache uns einen Tee. Oder möchtest du lieber einen heißen Kakao?«

Jess überlegte kurz. »Nein ich trinke doch lieber einen Tee. Kakao ist was für kleine Kinder.«

Nolan lachte und ging in die Küche, und Jess folgte ihm. In der Zeit, in der Nolan den Tee machte, plauderte Jess über

172

alles Mögliche. Sie war wie ausgewechselt und das freute Nolan sehr. »Jess du kannst es dir schon im Wohnzimmer gemütlich machen, ich bringe den Tee gleich.«
Als Nolan ins Wohnzimmer kam, hatte es sich Jess auf dem Sofa bequem gemacht. Links und rechts von ihr hatten sich schon die beiden Tiere breitgemacht. Nolan musste laut lachen. »Ich hoffe du hast noch genügend Platz?«
»Ja klar geht schon«, sagte Jess und lachte.
Nolan stellte die Tassen auf dem Tisch ab, dann setzte er sich gegenüber in seinen Sessel. »Pass auf, der Tee ist noch sehr heiß.«
Als Nolan Jess jetzt ansah, bemerkte er, wie sehr er dieses Kind vermisst hatte und wie gut es tat sie wieder zu sehen. Jess war ordentlich angezogen, wie es sich im Winter gehört. Und es schien ihm so, als hätte sie etwas an Gewicht zugenommen. Ihr Vater schien sich gut um sie zu kümmern.
»Erzähle mal Jess, wie ist es dir ergangen, in den letzten Wochen?«
»Ach Nolan, seit du in mein Leben getreten bist, läuft alles so gut. An jenem Tag, als du gegangen bist, hat mein Vater mir versprochen, dass alles gut wird und er sich ändert. Es wurde wirklich alles gut, denn ein paar Tage später nur, sind wir in ein ganz tolles Haus gezogen. Wir haben jetzt auch so einen kleinen Vorgarten wie du. Sobald es wärmer wird, wollen wir ihn schön bepflanzen, so wie du es gemacht hast. Vielleicht kannst du uns ja dabei helfen?« Jess Augen strahlten dabei und sie plauderte fröhlich weiter. »Wir könnten deine Hilfe gut gebrauchen, denn ich glaube nicht, dass Dad Ahnung von so etwas hat. Wir hatten ja nicht mal eine Pflanze in der Wohnung. Und einen Hund will ich auch haben, ach und eine Katze. Dad hat es mir schon

erlaubt. Eigentlich möchte ich ja mehrere Tiere haben, aber Dad hat gesagt, dass wir erst mit zwei Tieren anfangen und dann sehen wir weiter. Ich weiß schon, warum er das gesagt hat. Er denkt ich kümmere mich nicht um die Tiere. Aber da irrt er sich gewaltig, das werde ich ihm beweisen.« Jess machte eine Pause und trank von ihrem Tee. »Dein Tee schmeckt gut, Nolan«, bemerkte sie dabei und plauderte munter weiter. »Ich kann es alles kaum erwarten. Ganz, ganz viele Tiere will ich haben, schließlich will ich ja Tierärztin werden.«

Nolan lächelte, Jess hörte gar nicht mehr auf zu reden. Es war schön, sie so glücklich zu sehen. Nolan war in diesem Moment auch sehr glücklich. Ein Gefühl machte sich in seiner Brust bemerkbar, das er so nicht kannte.

»Was?«, fragte Nolan.

»Ich habe dich gefragt, was du an Weihnachten gemacht hast, Nolan. Wo warst du denn mit deinen Gedanken?«, lachte sie.

»Entschuldige Jess, ich habe nur über etwas nachgedacht. Mit Weihnachten habe ich nicht so viel am Hut.«

»Warum nicht? Jeder Mensch liebt doch Weihnachten.«

Nolan überlegte wie er sich am besten ausdrücken konnte. Er konnte ihr doch nicht die Wahrheit sagen. »Hm, alleine ist das doch nicht so toll, oder?«

»Dann feiern wir eben nächstes Weihnachten zusammen. Mein Vater, ich und du. Was hältst du davon?« Jess sah ihn dabei mit großen freudigen Augen an.

Nolan überlegte, wie er sich aus dieser Geschichte rausreden konnte und versuchte Jess abzulenken. »Wie geht es deinem Vater?«

»Es war echt komisch, seit dem Tag als du bei uns warst, hat er keinen Alkohol mehr getrunken. So wie mein Vater jetzt ist, so habe ich ihn noch nie zuvor erlebt.« Sie grinste plötzlich. »Ich würde schon gerne wissen, was du ihm gesagt hast.«

»Du versuchst es schon wieder, Jess. Ich habe dir ja schon gesagt, es war ein Gespräch zwischen Männern.« Dabei zwinkerte Nolan ihr zu und lächelte sie zaghaft an.

»Ok, ich verstehe. Ihr Erwachsenen seid echt stur.« Jess zwinkerte zurück.

»Wie läuft es in der Schule?«, fragte Nolan, um auch von diesem Thema abzulenken.

»Ja auch ganz gut, ich bin jetzt auf einer anderen Schule, die näher an unserem Haus liegt. Die Lehrer sind da auch viel netter, als auf der alten Schule und es macht richtig Spaß. Dad hilft mir jetzt auch beim Lernen, das hat er früher nie gemacht.«

»Das freut mich wirklich für dich, Kleines.«

»Das haben wir alles dir zu verdanken Nolan, deshalb habe ich dir auch ein Geschenk mitgebracht.« Jess zog ein kleines in Weihnachtspapier verpacktes Geschenk aus ihrer Jackentasche, die sie über die Couch gelegt hatte. Freudestrahlend übergab sie Nolan das Geschenk. »Für dich Nolan. Pack es gleich aus!«

Nolan war gerührt, seit so vielen Jahren hatte er kein Geschenk mehr geöffnet. Das letzte Geschenk war von seinen Eltern damals. Als er das Papier entfernte, kam eine Schneekugel hervor. Ein Hund und eine Katze saßen darin. Nolan schüttelte die Kugel und der Schnee rieselte auf sie herab.

»Ach Jess, das ist so schön. Dein Geschenk bekommt einen Ehrenplatz bei mir.«

»Es freut mich, dass sie dir gefällt.« Sie strahlte übers ganze Gesicht. Plötzlich ertönte ein Hupen von der Straße. »Oh, mein Dad ist schon da.«

Die Zeit war so schnell vergangen, und Nolan tat es leid, dass Jess schon gehen musste.

»Ach Jess, ich habe ja deine Überraschung total vergessen.« Nolan lief in die Küche und brachte einen Stift und Papier. »Schreibe mir bitte eure neue Adresse auf. Ich würde dich morgen gerne abholen kommen, dann fahre ich dich zu deiner Überraschung. Was hältst du davon?«

»Oh ja gerne. Da bin ich aber mal neugierig, Nolan. Ich freue mich schon.«

Sie schrieb die Adresse auf und zog sich ihre Jacke an. Dann verabschiedete sie sich von Bob und Max. »Ich komme wieder, versprochen. Ich darf doch?«, dabei schaute sie Nolan mit einem breiten Grinsen an.

»Klar, Jess wann immer du willst. Du bist in meinem Haus immer willkommen.«

Sie umarmte ihn plötzlich und Nolan beugte sich vor und umarmte sie auch. »Ach, Jess bleib immer so wie du jetzt bist, hörst du. Es werden viele Menschen dein Leben kreuzen und versuchen dich zu ändern. Du wirst dich auch ändern, du wirst schließlich auch mal erwachsen, aber bitte versuche deine Kindlichkeit nie ganz zu verlieren. Versprochen?« »Versprochen.« Sie drückte ihm schnell einen Kuss auf die Wange und rannte zur Haustüre raus.

Nolan sah ihr noch nach, wie sie ins Auto ihres Vaters stieg. Nolan ging wieder zurück ins Wohnzimmer und zündete sich eine Zigarette an. Als er sich in seinen Sessel setzte und über Jess nachdachte, kamen in ihm das erste Mal Zweifel auf, ob er in diesem Fall richtig gehandelt hat. Wäre Jess noch so freundlich zu ihm, wenn sie wüsste, dass sie ihren

Vater in zwölf Jahren verlieren würde. Dass ihr Vater, Nolan seine Seele verkauft hat, nur damit es ihr besser ging. Er hätte nach einem anderen Weg suchen können, um Jess zu helfen. Jetzt war es zu spät, sich diese Frage zu stellen. Denn Nolan wusste, den Pakt mit dem Teufel konnte man nicht mehr rückgängig machen.
Er schüttelte die negativen Gedanken ab und dachte an den nächsten Tag. Nolan freute sich jetzt schon auf das Gesicht von Jess, denn er wollte mit ihr ins Tierheim fahren.

12.Kapitel
Spiel mit dem Teufel

Januar 2015

Seit einer vollen Stunde saß Nolan jetzt schon in der Kneipe, in der er schon mit Dick gewesen war. Seit damals kam Nolan öfter hier her, um sich neue Beute zu suchen, denn hier hatte er bis jetzt jedes Mal Glück gehabt.

Es war ein Treffpunkt für Drogenabhängige, Zuhälter und Prostituierte. Nolan musste sie nur genau beobachten, dann wusste er, wer das richtige Ofer war.

Wie immer war die Luft in diesem Raum schlecht und Nolan wurde langsam ungeduldig. Heute war er etwas früher hergekommen, obwohl er wusste, dass erst ab Mitternacht die interessanten Opfer kamen. So wie heute. Vier Personen betraten die Kneipe- drei Männer, eine Frau. So wie Nolan die Situation einschätze, handelte es sich dabei um drei Zuhälter und eine Prostituierte. Nolan schaute auf seine Armbanduhr, es war jetzt 0.30 Uhr. Sie setzten sich alle an einen freien Tisch in Nolans Nähe. Das war gut, so konnte er ihr Gespräch gut belauschen. Er konnte sie gut sehen und hören, ohne dass er ihnen unbedingt auffiel. »So Baby, dann zeig mal deinem Boss das Geld, das du heute verdient hast!«, sagte der eine der Männer.

»Joe, sei mir nicht böse, aber es war heute nicht viel los draußen. Das Geschäft lief heute schleppend, da es so kalt ist. Die Typen bleiben dann lieber daheim im Warmen bei ihren Alten.« Sie legte dabei das Geld vor ihm auf dem Tisch ab.

Joe zählte das Geld, dann schlug er ihr ohne Vorwarnung, aus dem Sitzen heraus, mit der Faust ins Gesicht. Die Frau flog von ihrem Stuhl und prallte mit dem Gesicht auf dem Boden auf.

»Du wagst es tatsächlich mir mit Hundertzwanzig Dollar vor die Augen zu treten? Du verdammtes Miststück! Mach sofort, dass du Land gewinnst und dir ordentliche Freier suchst. Ich erwarte dich in zwei Stunden mit Zweihundertachtzig Dollar wieder hier zurück. Hast du mich verstanden?«

Sie hatte Schwierigkeiten aufzustehen, schaffte es aber doch. »So wie du mich jetzt zugerichtet hast, bekomme ich heute bestimmt keinen Freier mehr«, sagte sie weinerlich und hielt sich mit einer Hand das Gesicht.

»Oh doch du Flittchen, das schaffst du. Wenn ich sage, dass du das Geld besorgst, dann machst du das auch.«

Joe stand auf, packte sie an den Haaren und schleppte sie zur Türe. »Jetzt mach dass du wegkommst. Und wie gesagt, wage dich nicht ohne das Geld her, sonst lass ich die anderen Jungs über dich herfallen, dann kannst du die nächsten Tage im Krankenhaus verbringen.« Mit einem Tritt beförderte er sie nach draußen. Der Zuhälter ging wieder an den Tisch.

Nolan stachen seine roten Turnschuhe ins Auge. Geschmack schienen Zuhälter ja nicht zu haben. Ein fast zwei Meter großer Afroamerikaner, mit roten Turnschuhen und blauem Kunstledermantel. Dazu hatte er noch jede Menge an Goldschmuck an. Ein typisches Bild, das man von Zuhältern hat, dachte sich Nolan und grinste dabei.

»Jungs was soll man nur mit diesen nutzlosen Weibern machen. Für nichts sind sie zu gebrauchen, nicht mal ordentlich ficken können diese Huren.«

»Hey Joe, jetzt trinken wir erst mal ein paar Runden.« Der stämmige Freund von Joe rief dem Barmann zu: »Bring uns drei doppelte Whiskey. Oder bring uns gleich die ganze Flasche.«

»Recht hast du, Vince. Lass uns saufen, anders kann man die Weiber ja nicht ertragen.« Joe lachte dabei und schlug dem dritten Mann, einem Weißen, auf die Schulter. »Nick, wie läuft es mit deiner Schlampe. Bringt die wenigstens genügend Asche mit nach Hause?«

»Ashley, hatte schon recht, wenn es so kalt ist, läuft das Geschäft schleppend. Die Freier gehen bei dieser Kälte lieber ins Bordell.«

»Hey, dann musst du durchgreifen, so wie ich. Lass dir bloß nicht auf der Nase rumtanzen. Glaube mir, meine Alte kommt mit dem restlichen Geld zurück. Sie weiß wenn sie es nicht hinbekommt, dann wird sie dafür büßen. Da kann es draußen auf der Straße noch so kalt sein. Mein Baby schafft das.« Joe klang fast schon stolz.

Der Barmann brachte in diesem Moment die Flasche und die Gläser an den Tisch. Sie tranken und unterhielten sich über Frauen und Sex. Es verging eine halbe Stunde, als das Gespräch für Nolan wieder interessant wurde.

»Wir müssen unbedingt einen Plan fassen. Wir brauchen mehr Geld. Hat jemand von euch einen Vorschlag?«, fragte Joe und blickte dabei die anderen an.

Vince meldete sich zu Wort. »Ich überlege schon die ganze Zeit, aber außer einem Überfall fällt mir nichts ein.«

»Hey, ich habe keine Lust, schon wieder im Bau zu landen. Ich bin erst seit ungefähr drei Monaten aus dem Gefängnis raus«, entgegnete Nick.

»Nick hat recht, ein Überfall ist zu riskant. Einbruch wäre da besser. Kennt jemand von euch ein lohnendes Haus oder ein Geschäft?«, fragte Joe.

Das war Nolans Stichwort. Drei Männer, die dringend Geld brauchten. Nolan stand von seinem Platz auf und ging direkt auf den Tisch der Männer zu. Mitten im Gespräch unterbrach er sie. »Gentlemen, entschuldigt die Störung. Es war nicht meine Absicht zu lauschen, aber da ihr eure Unterhaltung nicht gerade leise geführt habt, konnte ich den größten Teil eures Problems mithören.«

Joe stand auf und stellte sich breitbeinig vor Nolan auf. »Das ist aber nicht höflich von dir. Und jetzt, was willst du von uns? Bist du ein Bulle, oder willst du uns verpfeifen?« Er stand in gleicher Augenhöhe zu Nolan und Nolan konnte seine Alkoholfahne riechen.

»Nein, das ist nicht meine Absicht. Und ich bin auch kein Bulle. Darf ich mich zu euch setzen, es braucht ja nicht jeder hier in diesem Raum erfahren, was ich euch zu sagen habe.«

»Gut setz dich!«, sagte Joe und deutete auf einen freien Stuhl. Nolan nahm am Tisch platz.

»Also…?«, kam es sogleich von Joe.

Nolan beugte sich nach vorne. »Ihr braucht Geld und ich weiß wo ihr es euch holen könnt. Es ist, als wäre da ein reichlich gedeckter Tisch und ihr bräuchtet euch nur zu bedienen. Ich würde den Tisch für euch sozusagen decken.«

»Du redest in Rätseln«, meldete sich Nick zu Wort. »Also, es ist so. Ich weiß wessen Haus ihr ausrauben könnt. Da stehen Reichtümer, das könnt ihr euch gar nicht vorstellen. Wertvolle Gemälde, Antiquitäten, Silber, kostbarer Schmuck und jede Menge Bargeld. Ihr alleine würdet niemals in dieses Haus gelangen, da es sehr gut gesichert ist. Überall Alarmanlagen und Kameras. Ich kann das aber alles ausschalten.«

»Moment mal, wenn das so ist, warum hast du den Coup nicht schon alleine durchgezogen?«, fragte Joe misstrauisch.

»Ganz einfach. Dafür brauche ich gute zuverlässige Männer. Ich habe schon lange nach fähigen Männern gesucht und in euch sehe ich diese. Ihr macht mir einen zuverlässigen Eindruck. Ich alleine kann es nicht durchziehen. Wer soll denn die ganzen Sachen aus dem Haus bringen? Ich würde mich darum kümmern, dass in jener Nacht niemand zuhause ist und ich würde die Alarmanlage und die Kameras ausschalten. Ihr müsstet nur das Haus leer räumen. Das ist alles.«

Nolan lehnte sich zurück und beobachtete die Gesichter der drei Männer.

Vince meldete sich als erster zu Wort: »Wie können wir dir trauen, Mann? Wir kennen dich nicht. Vielleicht ist es eine Falle und die Bullen stehen vor dem Haus.«

»Vince hat recht«, sagte Joe und zündete sich nervös eine Zigarette an.

»Selbst unter Freunden kommt Verrat vor. Bei so einer Sache ist Misstrauen schon gut, aber ihr müsst mir jetzt einfach vertrauen. Ich denke mal, ich habe das größte Risiko bei dieser Sache, denn ich mache die Vorarbeit. Bis ihr eintrefft, habe ich den größten und gefährlichsten Teil schon erledigt. Bevor ich jetzt in Details gehe, möchte ich von euch eine Antwort, ob der Deal steht.« Nolan blickte in die Runde.

Joe blickte seine Kumpels an, da diese nickten, sagte Joe: »Ok, wir sind dabei. Dann erzähle von deinem Plan!«

»Das freut mich und da ich euch als zuverlässige Männer sehe, zähle ich an diesem Tag auf euch. Auf alle drei, denn kein Mann darf in dieser Nacht fehlen. Habt ihr das verstanden?«

»Klar, du kannst auf uns zählen. Wenn wir unser Wort geben, dann halten wir uns daran. Wir sind ja keine Frauen«, sagte Joe und lachte dabei.

»Das stimmt«, sagte Nolan und lachte mit, um die Situation ein wenig zu lockern. »Dieses Haus um das es geht, gehört einem Freund von mir. Dieser Freund hat mich enttäuscht, sehr schwer enttäuscht und deshalb hat er es verdient, alles was er besitzt, zu verlieren. Ich werde dafür sorgen, dass er und seine Frau in dieser Nacht nicht da sind. Wenn ihr am kommenden Sonntag, also in vier Tagen exakt um 23:00 Uhr eintrefft, dann habt ihr freie Bahn. Keine Kameras, keine Alarmanlage und das elektrische Tor wird für zehn Minuten offen stehen. Nur zehn Minuten, das heißt ihr müsst pünktlich sein. In dieser Gegend fahren die Bullen jede halbe Stunde ihre Runden. Wenn dann das Tor längere Zeit offen stehen würde, würde das Misstrauen erregen. Habt ihr das verstanden?«

»Klar«, sagte Joe. »Auf uns kannst du dich verlassen.«

»Ihr werdet euch einen großen passenden Transporter beschaffen, damit ihr alles unterbringen könnt. Wenn ihr vor dem Haus steht, habt ihr alle Zeit der Welt, denn die Polizei kann nicht bis zum Haus sehen. Sie kommen nicht, wenn kein Alarm ausgelöst wird. Es ist also alles ganz einfach für euch. Die Haustüre wird offen angelehnt sein. Ihr braucht kein Werkzeug für diesen Einbruch, nicht mal Taschenlampen, ihr könnt das Licht einschalten. Wenn ihr das Haus leer geräumt habt, dann fahrt ihr zu dieser Adresse«, dabei schob er Joe einen Zettel hin. »Und danach parkt ihr den Wagen hinter dem Haus und ruft mich an. Dort treffen wir uns dann und besprechen wie es mit der Beute weitergeht.«

»Wie kommen wir durch das elektrische Tor wieder nach draußen?«, fragte Vince.

»Der Öffner für das Tor wird auf der schwarzen Kommode im Flur liegen. Gut aufgepasst, Vince. Ich sehe schon, ich habe echte Profis an Land gezogen.«

Stolz prahle Vince: »Wir haben schon öfter krumme Dinge gedreht, darin sind wir wirklich gut, sehr gut sogar. Nicht wahr Jungs?« Die Männer lachten und erzählen ein paar Geschichten von früheren Einbrüchen.

»Das ist cool Jungs, aber jetzt wieder zurück zu unserem Coup. Auf dem Zettel, den ich dir eben gegeben habe Joe, steht auch die Telefonnummer von meinem Handy. Diese Nummer wird nur an diesem Tag funktionieren. Ich habe dieses Telefon nur für diesen Deal gekauft und werde es nur an diesem Tag einschalten, dann wegwerfen. Hast du verstanden!«

Joe nickte und fragte: »Und wo ist das Haus, in das wir einbrechen sollen?«

»Das werde ich nur dir sagen, Joe, aber erst später wenn wir draußen sind. Diese Adresse darf nicht in die falschen Hände geraten.« Nolan blickte sich dabei um. »Wenn etwas vorher rauskommt und die falschen Leute davon erfahren, dann kannst du alles vergessen.«

Erneut nickte Joe und er wirkte stolz dabei. »Ja Mann, auf mich ist da vollkommen Verlass.«

»Das wusste ich sofort, darum bin ich auch zu dir und deinen Jungs gekommen.«

Alle drei Männer am Tisch nickten.

»So Gentlemen, ich muss jetzt gehen. Joe kommst du mit nach draußen?« Nolan erhob sich und Joe ebenfalls.

Eisige Kälte kam ihnen entgegen, als sie nach draußen kamen.

»Joe du machst für mich wirklich einen vertrauensvollen Eindruck. Solch einen Mann brauche ich.«

Stolz machte Joe sich noch größer. »Du kannst dich vollkommen auf mich verlassen. Wenn du noch mehr Deals an Land ziehen kannst, dann kannst du dich jederzeit an mich wenden. Du weißt ja wo du mich finden kannst. Ich und die Jungs sind fast jeden Abend hier.«

»Gut, danke Joe. Bestimmt werde ich darauf zurückkommen.« Nolan nannte Joe die Adresse, und danach reichte er ihm seine Hand, um sich zu verabschieden und seine Vergangenheit zu sehen.

Noch kälter als die Temperaturen in dieser Nacht, waren die Bilder die durch Nolans Kopf gingen, als Joe ihm seine Hand reichte.

Bilder von kaltblütige Morden und Vergewaltigungen an unschuldigen Frauen, schossen in Sekundenschnelle durch seinen Kopf.

»Bis bald Joe«, sagte Nolan und machte sich auf den Weg zu seinem Auto. Er ging in Gedanken alles nochmals durch, als ihm eine Gestalt in hochhackigen Schuhen entgegen kam. Es war die Prostituierte von Joe. Sie zitterte am ganzen Körper. Viel zu leicht war sie angezogen, unangemessen für diese Temperaturen im Januar. Die Temperaturen waren weit unter null Grad gefallen.

»Hast du das Geld zusammen, das Joe von dir erwartet?«

»Hey, woher weißt du das? Und was geht es dich an?« Zitternd stand sie vor ihm und starrte Nolan verwundert an.

»Ich habe euer Gespräch vorhin in der Kneipe mitgehört und habe gesehen wie dich Joe behandelt hat. Es ist nicht gerade eine feine Art wie er Frauen behandelt.«

»Ach so. Er ist immer so zu mir, obwohl er manchmal auch nett sein kann, wenn er zufrieden ist. Also wenn die Geschäfte gut laufen.«

»Und hast du das Geld, das er wollte?«, fragte Nolan erneut.

»Nein ich habe nur noch dreißig Dollar klarmachen können. Bei der Scheißkälte laufen die Geschäfte auf den Straßen schlecht und mir ist so kalt. Ich kann nicht mehr. Joe wird mich Krankenhausreif schlagen. Aber das kann ich jetzt auch nicht mehr ändern.« Sie hatte Tränen in den Augen.

Nolan überlegte kurz. »Ich werde dir das Geld geben.« Nolan griff in seine Manteltasche und holte ein Bündel Geldscheine heraus.

›Du erhältst von mir tausendfünfhundert Dollar.« Nolan überreichte ihr das Geld. »Aber gebe ihm heute nur das geforderte Geld. Den Rest hebst du dir auf, falls du deinen Soll, die kommenden Nächte nicht erreichen kannst. Das Geld wird dir die nächsten Tage den Arsch retten. Und kein Wort zu Joe, woher das Geld stammt. Hast du verstanden!«

Die Prostituierte nickte und starrte mit offenem Mund auf das Geld. »Klar, kein Wort zu Joe. Danke.«

Verwundert blickte sie dem Fremden nach, bis er in der Dunkelheit verschwunden war. Merkwürdig, dachte sie sich und machte sich auf den Weg zu Joe und den anderen Männern. Als sie zu den anderen kam, besprachen diese, gerade einen Deal.

»Hey, wenn das gut geht, dann sind wir bald reiche Leute«, sagte Nick.

»Wenn was gut geht?«, fragte die Frau.

»Baby, das geht dich nichts an. Das ist reine Männersache. Hast du das Geld mitgebracht?« Joe wollte schon mit der Hand ausholen.

»Ja hier hast du zweihundertachtzig Dollar, Baby.« Sie legte es direkt vor Joe auf den Tisch.

»Na Männer, ich habe es euch doch gesagt. Mein Babe schafft das.« Stolz schaute er in die Runde und dann wieder zu der Frau. »Da das doch so einfach ging, lieferst du morgen fünfhundert Dollar ab. Das wirst du doch, oder Baby?« Joe tätschelte ihr die Wange.

»Ja klar, Joe. Ich schaffe das.«

»Hey Barmann, bring uns noch eine Runde! Wir haben was zu feiern!», schrie Joe. Er lehnte sich entspannt und zufrieden zurück.

Auch Nolan fuhr diese Nacht entspannt nach Hause. Er grinste und freute sich auf den kommenden Sonntag. Das wird eine Freude.

***

Alles lief gut, wie geplant. Es war stockdunkel im Haus und Nolan blickte auf das beleuchtete Ziffernblatt seiner Uhr. Es war 23.05 Uhr. Durch die Kieselsteine auf dem Hof hörte er wie ein Lieferwagen zum Haus fuhr und dann mehrere Männer aus dem Wagen stiegen. Sie machten sich keine Mühe zu flüstern, da sie Nolan vertrauten und sich alleine fühlten. Als sie zur Haustüre rein kamen, erkannte Nolan genau die Stimmen. Joe, Nick und Vince. Sie hatten ihr Wort gehalten. Er lächelte und blieb einfach ruhig sitzen. Es vergingen gerade mal ein paar Minuten, als die Männer das Wohnzimmer betraten. Genau in diesem Moment ging das Licht im Zimmer an. Die drei Männer starrten in diesem Moment auf Nolan, der in einem Sessel neben einem Kamin saß. Auch erblickten sie einen anderen Mann, der auch lässig zurückgelehnt, in einem andern Sessel neben

Nolan saß. Beide hielten eine Pistole in der Hand. Starr standen die Drei vor ihnen.

»Na Peter, habe ich dir zu viel versprochen. Macht es so nicht mehr Spaß Seelen zu ködern. Drei Verbrecher auf einen Streich, die ich dir ganz alleine überlasse. Drei Seelen die, die Hölle wirklich verdient haben. Es ist genau der richtige Ort für sie, das kannst du mir glauben. Joes Bilder habe ich schon gesehen, die von den andern überlasse ich dir. Dann wirst du sehen, dass diese Verbrecher es eher verdient haben, als deine verzweifelten Eltern.«

Peter lachte laut auf. »Oh ja, Nolan. Ich glaube jetzt hast du mich auf den Geschmack gebracht.«

»Na dann, spiele mit ihnen. Ich wünsche dir viel Spaß dabei. Aber halt warte noch, ich zünde mir noch eine Zigarre an, dann macht das Schauspiel noch etwas mehr Spaß.«

Nolan lehnte sich entspannt zurück und genoss diesen Augenblick.

13.Kapitel
Recht oder Unrecht

März 2015

Müde stand Nolan an diesem Morgen auf. Wieder hatte er eine lange Nacht hinter sich, aber nicht weil er auf Seelenfang war, sondern er war bei Peter gewesen und sie hatten wieder lange Diskussionen geführt.

Nolan lächelte in sich hinein, als er zurückdachte, wie Peter ihm erzählt hatte, dass er seit jener Nacht im Januar, Blut geleckt hatte und sich jetzt auch auf die bösen Seelen in der Stadt konzentrierte. Er hatte viel Spaß in jener Nacht gehabt. Pass auf, ich nehme dir noch alle bösen Seelen in dieser Stadt weg, hatte er ihm gesagt. Nolan hatte gelacht und gesagt, dass er da keine Probleme sieht. »Bob, ich glaube da muss ich mir keine Sorgen machen, oder?« Nolan lachte dabei und streichelte Bob über den Kopf. Dieser lief zur Eingangstüre und deutete damit an, hey ich muss mal raus.

»Warte noch kurz Bob, wir gehen gleich nach draußen.«

Nolan ging ins Schlafzimmer und zog sich an. Es war immer noch kalt aber trocken. Er zog einen dicken Pullover an und darüber eine ärmellose, gefütterte Jacke.

Max saß vor dem Zimmer und beobachtete die Lage. »Max wir bleiben nicht lange weg.«

Nolan schnappte sich die Leine die im Flur an der Wand hing und ging mit Bob nach draußen. Als sie gerade an der Straße waren, hielt ein Wagen vor dem Haus. Der Wagen kam Nolan bekannt vor. Er hatte sich nicht geirrt, denn Carolines Mutter Linda stieg aus und lief auf Nolan zu.

»Entschuldigen Sie die Störung, Mr. Braddly. Sie wollten

gerade los, aber ich muss mit Ihnen reden. Es ist sehr wichtig, es geht um Caroline.«

»Linda, das macht nichts. Ich sagte ja, dass Sie immer zu mir kommen können. Wir können zurück ins Haus gehen, oder Sie laufen mit mir und Bob mit. Wir wollten in den Park rüber.«

»Ich glaube frische Luft wird mir auch gut tun, Mr. Braddly.«

»Linda, Sie können Nolan zu mir sagen.«

»Ok, Nolan.« Sie beugte sich zu Bob und streichelte ihn. »Du bist ja ein süßer kleiner Kerl.«

»Gut dann lassen Sie uns gehen«, sagte Nolan.

Eine Weile liefen sie schweigend nebeneinander her. Dann fragte Nolan: »Was ist mit Caroline? Ist das, was ich gesagt habe eingetroffen?«

»Ja, leider lagen Sie richtig mit dieser Geschichte. Eine Woche später, bin ich mit ihr zum Arzt gegangen. Und da stimmte schon etwas nicht mit ihrem Blut.«

»So früh schon?«, fragte Nolan verwundert.

Linda nickte traurig. Sie hatten den Park erreicht und Nolan sagte: »Linda, wir können uns auf eine freie Bank setzen, wenn du möchtest.«

»Ja das wäre gut, mir zittern etwas die Beine. Weißt du es viel mir nicht leicht, zu dir zu kommen.«

Beide freute es, dass sie ins Du übergegangen waren. »Warum Linda?«

»Weil ich etwas von dir möchte.«

Nolan runzelte die Stirn. »Was denn? Was kann ich für euch tun? Braucht ihr Geld?«

»Nein Nolan, kein Geld. Komm, dort drüben ist eine freie Bank.«

Beide setzten sich und Nolan ließ Bob von der Leine, der sich sofort in Bewegung setzte und wie ein Verrückter rumtollte. Nolan und Linda musste lachen und das lockerte Linda etwas auf.

»Ich habe mir sehr viel Gedanken über dich gemacht, seit unserer Begegnung. Ständig habe ich mich gefragt, nachdem du mit der Krankheit recht hattest, woher du das wusstest. Du hast ja gesagt, dass du eine Gabe hast, Krankheiten zu erkennen. Nur wie ist das möglich? Und warum kannst du so etwas? Ist es etwas Gutes oder etwas Böses? Ich habe so viele Fragen, Nolan und viele Gedanken gehen mir durch den Kopf.«

Nolan saß da und überlegte eine ganze Weile bis er endlich antwortete. »Linda, es gibt Dinge die du besser nicht wissen solltest. Glaube mir es lebt sich besser damit, wenn man nicht alles weiß.«

»Aber eins muss ich wissen Nolan, kannst du Caroline heilen? Und warum hast du gesagt, dass ich mit Caroline nicht in das Rosella J. Boyle Medical Center gehen soll. Ich war jetzt in zwei anderen Krankenhäusern, aber keiner der Ärzte dort kommt voran. Sie finden keinen geeigneten Knochenmarkspender, der für meine Tochter in Frage kommt. Übrigens ist die Liste der Personen, die darauf warten ewig lang, da eine Chance zu haben ist gleich Null. Wenn du sie heilen kannst, dann wäre ich dir auf ewig dankbar, Nolan.« Sie ergriff seine Hand.

Nolan fühlte die Wärme, nur die Wärme. Er konnte keine Bilder sehen. Es war ein gutes Zeichen und Nolan war froh, dass er von Linda nichts sehen konnte. Er genoss das erste Mal eine Hand die ihn berührte.

»Linda, ich könnte deine Tochter heilen, aber ich werde es nicht tun.«

»Warum nicht?«, fragte sie verwirrt und sie zog hastig ihre Hand wieder weg.

»Weil ich mir sonst deine Seele nehmen müsste und du ewig in der Hölle schmoren würdest. Ich habe einen Pakt mit dem Teufel geschlossen, als ich damals todkrank war. Es hört sich alles wie ein böser Witz an, aber glaube mir, es ist alles wahr. Durch den Pakt mit ihm ist auch mir ein langes Leben versprochen worden, aber dafür werde ich irgendwann auch in die Hölle kommen. Er hat mir gewisse Gaben gegeben, dafür muss ich im Gegenzug Seelen für ihn besorgen. Ich habe mich dafür entschieden, aber ich nehme nur die bösen Menschen, die, die es verdient haben. Du hast es nicht verdient, Linda. Wenn du dich jetzt auf einen Deal mit mir und dem Teufel einlässt, dann wird deine Tochter wieder gesund, aber du würdest nach deinem Tod auf Ewigkeiten leiden. Wenn deine Tochter jetzt sterben wird, dann sei dir gewiss, dass ihr euch beide irgendwann wiedersehen werdet. So nicht, verstehst du? Es ist verlockend zu wissen, dass man noch viele Jahre zusammen erleben kann, aber was ist mit der Ewigkeit? Weißt du was Ewigkeit bedeutet. Ewigkeit endet nie, hörst du nie. Hast du eine Vorstellung davon? Und kannst du dir vorstellen wie es in der Hölle ist?«

Linda begann zu weinen und Nolan bot ihr ein Taschentuch an.

»Auch ich habe mir damals keine Gedanken darüber gemacht, aber glaube mir, selbst ich habe Augenblicke, da habe ich Angst. Dann verdränge ich diese Furcht wieder, aber es wird der Tag kommen, da kann ich nichts mehr verdrängen. Pakt ist Pakt.«

Linda ergriff erneut Nolans Hand.

»Dann stimmt also die Geschichte mit Gott und Teufel. Aber warum lässt Gott zu, dass unschuldige Kinder sterben?«

»Das kann auch ich dir nicht beantworten, Linda. Aber der Teufel hat damals zu mir gesagt, dass alle Seelen in den Himmel kommen und er um jede einzelne Seele kämpfen muss. Deshalb braucht er Menschen wie mich, die ihm diese Seelen besorgen. Du wärst jetzt so eine Seele, aber die bekommt er nicht von mir! Bestimmt nicht von mir!«

»Beantworte mir noch die Frage, warum ich nicht in dieses Krankenhaus gehen soll.«

»Weil in diesem Krankenhaus ein Arzt ist, der auch mit dem Teufel im Bund ist und er genau auf dieser Schiene fährt. Er macht es sich leicht und fordert für die Genesung der Kinder, die Seelen der Eltern. Genau dieses Bild habe ich gesehen, als mir Caroline die Hand gereicht hat.« Nolan atmete tief aus, als er diese Worte sagte. Wahrscheinlich hat er einen großen Fehler gemacht, dass er es Linda erzählt hat. »Außer diesem Arzt wissen nur wenige etwas von meiner Geschichte, Linda. Und die, die es wissen gehören dem Teufel. Ich weiß nicht warum ich es dir erzählt habe. Wahrscheinlich deshalb, weil ich nicht möchte, dass du diesen Fehler machst. Klar möglicherweise wird dann deine Tochter sterben, wenn nicht doch noch ein Wunder geschieht. Vielleicht hat Caroline aber ja Glück und sie finden noch einen geeigneten Spender. Möglicherweise können wir mit Geld was bewirken und finden ein gutes Krankenhaus. Aber sich der ewigen Verdammnis hinzugeben, ist ein Fehler. Als ich Carolines Geschichte gesehen habe, habe ich diese nur bis zu Dr. Winterster gesehen. Allerdings nicht, wie es ohne diesen Arzt verlaufen wäre. Durch den geänderten Ablauf gibt es vielleicht doch noch einen anderen Weg um Caroline zu helfen. Dieser Arzt und ich sind Freunde geworden, auch er ist ähnlich wie ich in diese Sache reingerutscht. Na ja, mehr oder weniger. Aber ich habe ein wenig bewirkt, dass auch er die Dinge jetzt etwas anders sieht.« Nolan lächelte kurz, dann wurde er gleich wieder ernst.

»Was soll ich jetzt tun, Nolan? Warten? Meine Ehe ist auch schon zerbrochen. Mein Mann hat sich komplett zurückgezogen und kommt mit dieser Situation überhaupt nicht zurecht. Ich denke sowieso, dass er schon seit einem Jahr eine Affäre hat. Das heißt ich stehe ganz alleine da mit den Problemen. Was soll ich deiner Meinung nach jetzt machen?«

»Kommt von euch, also dir und deinem Mann oder einem anderen Familienmitglied keiner wegen einer Knochenmarkspende in Frage?«

»Nein, es wurde alles schon getestet. Wie heißt dieser Arzt, Nolan?«

Nolan schluckte und nach einer Pause sagte er: »Dr. Peter Winterster.«

»Danke, Nolan.«

Sie saßen einige Minuten noch schweigend nebeneinander, bis Linda sagte, dass sie jetzt ins Krankenhaus zu Caroline muss.

Bedrückt gingen sie schweigend zu Nolans Haus zurück. Selbst Bob schien die gedrückte Stimmung zu spüren und verhielt sich ganz ruhig.

Als Linda ins Auto steigen wollte, sagte Nolan: »Linda, wenn du zu Peter gehst, dann sage ihm bitte, dass wir uns kennen und ich über alles informiert bin. Und bitte überlege dir die ganze Sache nochmal. Überstürze nichts. Bitte!«

»Ok, das mache ich. Darf ich mich wieder bei dir melden, Nolan?«

»Linda, meine Türe steht immer für dich und Caroline offen.«

»Danke, Nolan.« Sie umarmte ihn kurz und stieg in ihr Auto.

»Ach Bob, warum habe ich mich da bloß eingemischt?«, sagte Nolan, als er dem Auto nachblickte. Als er wieder im Haus war, setzte er sich in seinen Lieblingssessel und ging das Gespräch, das er mit Linda geführt hatte, nochmal durch.

Bob setzte sich auf seinen Schoß und berührte ihn mit seiner Pfote im Gesicht. Als wollte er sagen, dass er sich nicht solche Sorgen machen sollte.

»Ach Bob, warum ist es mit den Menschen nicht so leicht wie mit euch Tieren. Dabei sind die meisten Menschen so böse zu euch.«

Bob schaute ihn traurig an. Nolan drückte den Hund an sich und so saßen sie noch eine Weile da, bis Nolan dann sagte: »Komm Bob wir machen einen kurzen Mittagsschlaf, denn ich habe heute eine lange Nacht vor mir. Der Teufel braucht Nachschub.«

***

Es vergingen zwei Wochen, als Nolan vor Peters Haus stand und klingelte. Es war schon etwas spät, aber es hatte noch Licht gebrannt. Peters Frau, die ihn mittlerweile kannte, öffnete ihm.

»Hallo Diane.«

»Hallo Nolan. Schön, dass du wieder mal vorbei kommst. Peter ist wie immer in seinem Zimmer. Du kennst ja den Weg.« Sie lachte.

»Ja den kenne ich, danke Diane.«

Nolan klopfte an Peters Tür. Gutgelaunt hörte er ihn „komm herein" rufen. Als Nolan das Zimmer betrat, saß Peter in seinem Sessel und trank seinen Whiskey. Ein weiteres, leeres Glas, stand gegenüber.

»Hast du mich erwartet?«, spaßte Nolan.

»Du weißt ja, ich habe ein Gespür dafür wenn du kommst«, lachte Peter und deutete mit der Hand auf den Sessel ge-genüber. Nolan setzte sich und Peter füllte ihm sein Glas.

»Danke Peter, den kann ich jetzt gut gebrauchen.«

»Warum, liegt dir was auf der Seele?« Peter lachte aus vollem Hals, da er das Wort Seele benutzt hatte. »Seele, der war gut.« Peter lachte erneut.

»Es liegt mir wirklich was auf der Seele, oder wenn es dir besser gefällt auf dem Herzen«, sagte Nolan und musste jetzt auch schmunzeln. Dann wurde er wieder ernst.

»In den letzten Tagen habe ich mir Sorgen wegen Linda und ihrer Tochter Caroline gemacht. Ich wollte es eigentlich gar nicht wissen, aber ich muss es doch erfahren. War Linda bei dir in der Klinik?«

»Ich wusste, dass du mich das fragen wirst. Ja sie war da.«

»Und? Hast du dir die Seele der Mutter genommen?« Nolan wollte die Antwort plötzlich gar nicht wissen, er wusste nicht warum, aber sein Magen rebellierte plötzlich. Er hatte Angst vor der Antwort.

Peter schaute ihn an, als könnte er seine Gedanken sehen.

»Nolan, kann es sein, dass du Gefühle für diese Frau hast?«

Nolan wunderte sich über diese Frage. »Nein, wie kommst du denn darauf. Ich mache mir einfach Sorgen, weil ich nicht möchte, dass ein so guter Mensch wie Linda in der Hölle endet. Diese Frau würde ihre Seele verkaufen, um ihre Tochter zu retten.«

Peter hatte sich lässig zurückgelehnt und zog an seiner Zigarre. »Nolan du lügst mich an. Du empfindest mehr für diese Frau, ich kann es spüren und in deinem Gesicht lesen. Und um dich gleich zu beruhigen, nein, ich habe mir die Seele von Linda nicht genommen. Zumindest noch nicht.« Peter spürte, dass Nolan erleichtert war, obwohl er es zu verbergen versuchte. Peter lächelte. »Linda war bei mir und als sie mir erzählt hatte, dass sie vorher bei dir war, habe ich mir Gedanken gemacht. Ich weiß, wie du zu den Dingen stehst, die ich für richtig halte. Nolan ich kann dich gut leiden, deshalb habe ich Linda vorgeschlagen, dass ich alles Menschenmögliche versuchen werde, um ihre Tochter zu heilen. Ich habe ihr aber gesagt, dass es ein schwieriger Weg sein wird und wir diesen Kampf wahrscheinlich verlieren werden. Wie ich dir schon gesagt habe, wir Ärzte können keine Wunder vollbringen. Sollten wir diesen Kampf verlieren, dann kann sie mir ihre Seele immer noch für das Leben ihres Kindes verkaufen.«

»Das hast du getan, Peter?«, sprachlos und erleichtert starrte Nolan Peter an.

»Das habe ich aber nur für dich getan, mir persönlich wäre es egal, ob die Seele dieser Frau in der Hölle landet. Es ist mein Geschäft, Nolan. Seelen verlängern mein Leben, genauso wie deins.«

»Ich weiß, Peter. Aber ich danke dir dafür, dass du wegen mir eine Ausnahme machst. Wie hat Linda darauf reagiert?« Peter trank einen Schluck Whiskey. »Sie war erleichtert und hat geweint. Sie hat sich bei mir bedankt und hat mich umarmt. Stell dir vor sie hat mich umarmt.« Peter lachte und auch Nolan stimmt in das Lachen mit ein.

Nolan war erleichtert, die ganzen Wochen hatte es ihn beschäftigt.

»Aber Nolan, wer weiß vielleicht wirst du mich eines Tages doch hassen. Denn ich kann dir nichts versprechen. Es wird wie gesagt, ein langer und schwieriger Kampf. Aber es wird immer noch die Entscheidung von Linda sein. Nicht meine und auch nicht deine. Ich kann das Leben ihrer Tochter retten.«

»Wenn es soweit kommt, dann soll es so sein, Peter. Ich werde dich nicht hassen, es soll jetzt das Schicksal entscheiden. Aber jetzt hoffen wir, dass alles gut geht. Ich hoffe es so für Caroline und ihre Mutter.«

»Nolan ich verspreche dir, dass ich alles unternehmen werde um der Kleinen auf normalem Weg zu helfen.«

Peter füllte die Gläser neu.

»Lass uns jetzt das Beste hoffen und mach dir keine Gedanken mehr. Das Glück der beiden liegt nun in meinen Händen und lass es deshalb meine Sorge sein«, sagte Peter und leerte sein Glas in einem Zug.

»Danke Peter.« Nolan atmete erleichtert aus.

Lange saßen sie noch in dieser Nacht zusammen.

Peter war für Nolan ein guter Freund geworden. Er lächelte in sich hinein. Jetzt habe ich einen guten Freund und meine kleine Freundin Jess.

»Einen Penny für deine Gedanken, Nolan.«

Nolan lachte.

ENDE